Elvira Kempe

„ Die Achterbahn in meinem Kopf "

Eine wahre Geschichte…

Impressum:

Bibliografische Information der Deutschen Nationalbibliothek:

Die Deutsche Nationalbibliothek verzeichnet diese Publikation in der Deutschen Nationalbibliografie; detaillierte bibliografische Daten sind im Internet über http://dnb.dnb.de abrufbar.

© 2020 Elvira Kempe

1. Auflage

Korrektor: Scout Hermerschmidt

Unschlagdesign, Herstellung und Verlag:
BoD – Books on Demand, Norderstedt

ISBN: 978-3-7519-7799-9

Einführung:

In Anlehnung an mein erstes Buch „Sieben Jahre kopflos", möchte ich weiter über meine Erlebnisse, Gedanken und Gefühle mit meiner gehörlosen Tochter schreiben. Sicher gibt es Schlimmeres, aber egal wie behindert das eigene Kind ist, es ist ein langer, unendlicher Kampf. Meine Tochter, sie wollte immer so sein wie andere Kinder, nur nicht hinten anstehen, nur nicht unterbuttern oder ausnutzen lassen. Für mich oft unerträgliche Situationen, die mich auch nach den ersten 7 Jahren noch kopflos gemacht haben. Immer wieder aufs Neue hat sie mich, aus Unwissenheit, bis ans Ende meiner Kräfte gebracht. Immer wieder drehte sich in meinem Kopf alles, als würde eine Achterbahn seine Runden drehen. Sie war die vielen Jahre mein ständiger Begleiter. Ich fühlte mich oft, als wäre mein Herz stehen geblieben, nur weil sie sein wollte wie jedes normale Kind. Nie wollte sie sich ein Implantat einsetzen lassen, um vielleicht etwas hören zu können. Sie ist gehörlos geboren, kennt nicht unsere Laute und unsere von vielen Einflüssen geprägte Welt. Sie will sie auch nicht kennen lernen. Sie lebt in ihrer eigenen, stillen und ruhigen Welt in die sie hinein geboren wurde.

Für mich waren es knapp 20 Jahre ein auf und ab in dieser so stillen Welt, die mich genauso geprägt haben wie sie. Die vielen Tiefschläge sind längst vergessen. Heute denke ich nur an die schönen Zeiten zurück und bin unendlich stolz auf mein Kind, wie sie, ohne zu Hören, ihr Leben Tag für Tag, meistert.

Die Kollegen erzählen, wie jeden Montagmorgen, was ihre Kids am Wochenende anstellten, was sie für Zensuren mit nach Hause gebracht haben, wie lieb oder weniger lieb sie waren. Manche erzählen, als würden sie gestresst und genervt von ihren kleinen Geistern sein. Eine Mutti trumpft mehr auf als die andere. Ob all diese Geschichten so stimmen, ist fraglich. Ich sitze wie immer gelangweilt da, quetsche mir ab und zu ein kleines Grinsen raus und mache mir meine eigenen Gedanken. Was ist so schlimm daran, wenn die Tochter zum zehnten mal ihre Haargummis verloren hat oder der Sohn mit von Zuckerwatte klebrigen Sachen nach Hause kommt? Es sind doch Kinder und sie machen das alles nicht, um die Muttis zu ärgern.

Manche erzählen davon, wie sie, am Kamin sitzend, ihren Kindern Märchen vorgelesen haben oder wie ihre Kleinen das erste Buch nicht gelesen, sondern aus reiner Neugier förmlich „gefressen" haben. Nicht einmal solche Sachen erlebe ich als Mama. Gerne würde ich mit all denen tauschen und auch meine Geschichten erzählen, aber nur in solchen Momenten, sonst natürlich nicht. Niemals, für nichts auf der Welt, würde ich mein Leben eintauschen. Auch wenn alles anders und nicht immer einfach ist mit einem gehörlosen Kind – doch es ist mein Leben. Bei mir ist wirklich alles anders, als bei diesen Muttis. Ich musste meine Tochter, meine kleine Maus, schon mit vier Jahren in einen gehörlosen Kindergarten bringen. Über 140 km weit weg von zu Hause, von Mama und Papa. Sie war damals noch so winzig, so zerbrechlich. Mit Schuhgrösse 25 und einem großen Kasten, ihr erstes Hörgerät, vor der Brust hängend, sah sie so verloren aus.

Damit die Spielkameraden ihr die Passstücke nicht aus den Ohren ziehen, musste sie immer eine Mütze tragen. Obwohl sie mit diesen Dingern auch nicht hören konnte, sollte sie es auf Anraten der Ärzte trotzdem tragen. Angeblich damit sie besser das Gleichgewicht halten könnte. Für sie gehörten die Dinger im Ohr zum Alltag, so etwa wie Hose und Schuhe anzuziehen.

Ich musste beginnen mein Leben ohne Kind zu meistern, jedenfalls die Woche über. Montag bis Samstagnachmittag, ohne meine Tochter. Schrecklich habe mich anfangs gefühlt, als wäre ich eine schlechte Mutter. Eine, der man das Kind weggenommen hat. Moni hatte nie Probleme damit. Das war und ist ihre Welt. Sie kennt nichts Anderes, ich dagegen schon. Sie fühlt sich noch immer wohl im Internat, kann die ganze Woche mit Ihresgleichen zusammen spielen, leben und lernen. Bis heute stimmt es mich traurig, so unendlich traurig. Ich habe eine Tochter, aber sie ist kaum da, nur an den Wochenenden und in den Ferien. Ständig muss ich zwischen ihrer stillen, lautlosen und einfachen Welt und meiner hörenden, oft komplizierten Welt umschalten. Das schlaucht, macht mich müde und unendlich kraftlos. Für mich eine riesige Herausforderung, die ständigen Alltagsprobleme mit einem gehörlosen Kind zu meistern. Immer wieder aufs Neue zu überlegen, wie sage ich es ihr, besser gesagt, wie zeige ich es ihr. Immer wieder bin ich am Ende, weiß nicht weiter. Aber es geht weiter, immer weiter. In der Woche stehe ich auf Arbeit meinen „Mann", nach Feierabend zu Hause und an den Wochenenden bin ich nur für mein Kind da, dann darf ich endlich Mama sein. Wenn sie älter ist, dann gibt es bestimmt weniger Probleme, dachte ich, weil wir uns immer besser verständigen können, immer mehr Gebärden und Gesten lernen. So denke ich aber schon seit Jahren. Bisher falsch gedacht, es gibt immer wieder neue Probleme. Das Schlimmste ist, wenn wir uns gegenseitig nicht verstanden fühlen, die Gebärden falsch deuten und nur noch „Bahnhof" verstehen. Dann artet es meist in Streit und Zankerei aus, was mich noch mehr stresst. Trotz allem würde ich niemals tauschen wollen. Es ist wie es ist - spannend, zermürbend, voller Action und mit immer neuen Herausforderungen, die mein Leben nicht langweilig werden lassen.

Meine Geschichten und Erlebnisse wollen andere Muttis nicht hören. Sie verstehen diese Probleme nicht, wie auch, sie haben gesunde Kinder und ganz andere Probleme zu bewältigen. Abgesehen davon, weiß ich nicht, was mein Kind die Woche über im Internat anstellt. Ob sie vielleicht ein anderes Kind gebissen hat oder ob sie beim Toben der Länge nach in die nächst größere Pfütze abgedriftet ist? Also halte ich, wie an jedem Montagmorgen, meine Klappe. Ich höre in Ruhe zu, grinse zwischendurch und bin froh, wenn die Letzte ihren Bericht beendet hat und die Arbeit beginnen kann. Andererseits denke ich, es gibt weitaus Schlimmeres auf der Welt, ja manche sind wirklich viel schlimmer dran als ich. Mein Kind wird später ihren Weg gehen können, alleine, ohne Hilfe von Außen, obwohl sie behindert ist. Das hat mir jedenfalls, als Moni mit sieben Jahren in der Kinderklinik lag, der Professor schon prophezeit und ich glaube fest daran.

Ich sehne die Zeit herbei, wenn sie endlich die 10. Klasse beendet hat und nach langen, für mich sehr einsamen 13 Jahren für immer nach Hause kommt. Leider ist sie dann schon fast erwachsen und wird sicher irgendwo eine Ausbildung anfangen, wenn sie diese Möglichkeit bekommt. Aber bis dahin vergehen noch ein paar Jahre und ich muss mich, die Woche über, weiter ohne Kind durchschlagen, so, als hätte ich gar keines. Werde mir notgedrungen weiter die Geschichten dieser Muttis anhören und mir im Innersten meine Gedanken dazu machen. Eigentlich können sie alle froh sein, dass ihre Kinder gesund sind. Es ist doch schön, wenn die Kids abends dreckig und mit aufgeschlagenen Knien nach Hause kommen! Wenn sie viele Kumpels haben, mit denen sie bei schlechtem Wetter in der Bude rumtoben dürfen! So etwas kenne ich alles aus meiner Kindheit, aber mein Kind leider nicht. Ihr zweites Zuhause ist das Internat, da gibt es Regeln, die sie einhalten muss. Klar, bei so vielen Kindern geht es nicht anders, das ist schon verständlich. Trotzdem wird dort viel mit und für die Kinder getan, so dass sie ihr zu Hause kaum vermissen und sich rund um wohlfühlen. Für mich als Mama beruhigend zu wissen, dass mein Kind, auch wenn sie weit weg ist, gut betreut wird. Moni fühlt sich wohl, dort wo alle Kinder gehörlos sind und sie kein Außenseiter ist. Sie lebt in dieser stillen, unkomplizierten Welt und ist glücklich unter Ihresgleichen.

Ich war selbst vier Jahre im Internat und möchte diese Zeit nicht missen. Täglich die Regeln einhalten, auch wenn sie oft unverständlich und absurd waren, kann diese schöne Zeit nicht trüben. Ich habe schnell gelernt erwachsen zu werden, mich durch zubeißen, mein Taschengeld einzuteilen, so dass es bis zum Monatsende reicht. Später habe ich gelernt wie man Regeln außer Kraft setzt, ohne sich erwischen zu lassen, das war natürlich die schönste und spannendste Zeit. Wie alles zu Anfang ging das auch mal nach hinten los. Passiert ist aber nichts, außer eine deftige Predigt von den Betreuern oder eine Info an die Eltern. Selbst das war halb so wild, es gab eine Moralpredigt und fertig. Meine Eltern haben immer gesagt, dass ich für meine Fehler verantwortlich bin und mein Leben selbst in die Hand nehmen muss. Ich fand das die beste Erziehungsmethode und bin ihnen heute noch dankbar dafür. All das hat mich stark gemacht, geprägt und mir die Kraft für das Heute gegeben.

In den grauen, trüben Wintermonaten fällt es mir besonders schwer, die Zeit ohne mein Kind zu überstehen. Die Tage vergehen nicht, die Gedanken sind immer bei ihr. Vielleicht geht es ihr gerade nicht so gut und sie wäre gern bei ihrer Mama. Kinder haben doch auch mal Probleme und brauchen Mama und Papa, um seelische Unterstützung zu bekommen. Ob die Erzieherin im Internat mich auch in solchen Momenten ersetzen kann und mein Kind mal in den Arm nimmt? Ob meine Maus an trüben Tagen auch ihre Streicheleinheiten bekommt wie andere Kinder von ihren Muttis? Solches Zeug geht mir dann durch den Kopf und ich ziehe mich damit immer wieder selbst runter. Nein, das darf ich nicht, nicht in so ein tiefes Loch. So weit darf es nicht kommen. Schnell den Schalter umgelegt, kriege ich mich wieder ein und bereite den Mittagstisch vor.

Heute ist Samstag, schon der 3. Advent und Moni kommt nach Hause. Ich bin immer unheimlich aufgeregt und total kribbelig, wie ein kleines Kind. Kann es kaum erwarten sie endlich in meine Arme nehmen zu können, ganz fest zu drücken, dann kann ich wieder Mama sein. Noch mehr freue ich mich auf nächste Woche, da hat sie Weihnachtsferien, die schönste Zeit im ganzen Jahr. Diese strahlenden, funkelnden Kinderaugen. Sie geben so viel zurück, es braucht keine Worte. Wir werden Plätzchen backen, Geschenke einwickeln und bei Kerzenschein die Abende genießen. Am Heiligabend werden wir mit der ganzen Familie, auch Omas und Opas, zusammen sitzen, feiern und bis in die Nacht quatschen.

Draußen stürmt es wie verrückt. Dicke Schneeflocken prasseln ans Fenster, klingt eher wie Schnee und Hagel zusammen. Moni poltert die Treppe hoch, ich höre es bis in die Küche und schon klingelt sie Sturm, wie immer. Ich reiße die Tür auf und schon hängen wir uns in den Armen. Mein Kind ist endlich da, 5 Tage können so lang sein. Mein Herz rast wie verrückt, es überschlägt sich förmlich, es fühlt sich so gut an, ich bin Mama.

Mein Mann ist noch mal los zur Arbeit. In der Gastronomie gibt es nun mal kein Wochenende, also essen wir heute beide alleine. Wie jeden Samstag gibt es Nudelsuppe, das ist schon Tradition bei uns. Ich weiß nie wann Moni genau ankommt. Oft hat der Shuttle-Bus Verspätung, wegen irgendwelcher Baustellen, Unfälle oder Kinder haben mal wieder gebummelt. Halb verhungert will sie dann gleich essen, also ist so eine Nudelsuppe doch praktisch. Schnell aufgewärmt und ich habe kaum Abwasch. Meistens ist sie gegen 15 Uhr zu Hause, kommt auch mal vor, dass sie erst 17 Uhr da ist. Dann ist der Samstag natürlich gelaufen und wir können nicht mehr viel unternehmen. Die Nudelsuppe gibt es trotzdem, egal wie spät es ist.

Heute ist sie mal pünktlich. Wir quatschen und albern beim Essen, so sieht es unterm Tisch auch aus. Aber egal, mein Kind ist da und das ist das Wichtigste. Ich zeige ihr, dass sie bitte ihren Wunschzettel schreiben oder auch malen soll, denn nächste Woche ist schon Weihnachten. Sie guckt mich mit ihrem schiefen Seitenblick an und fragt was sie machen soll. Ich versuche es ihr, mit Gebärden und Gesten zu erklären. Wie so oft versteht sie mich nicht. Leider kenne ich keine Gebärde für das Wort Wunschzettel. Mit all meinen Mitteln versuche ich ihr, die Bedeutung von einem Wunschzettel zu erklären. Sie versteht noch immer nicht was ich von ihr will. Ich male ihr einen Weihnachtsmann auf, mit einem großem dicken Sack und zeige ihr, dass er die Geschenke da drin hat. Klar, das kennt sie und zeigt mir dass sie das doch weiß. Mir platzt gleich der Schädel, wie krieg ich ihr das nur noch erklärt? Ich zeige ihr, das der Weihnachtsmann nicht weiß was er ihr schenken soll. Sie muss es aufschreiben oder auch malen. Mit forschem Blick aus dem Seitenwinkel heraus, was ich langsam witzig finde, erklärt sie mir, dass sie nichts braucht. Sie meint, dass sie doch alles hat und wenn nicht, dann wird es gekauft. Sie versteht mich nicht, versteht einfach nicht, dass der Weihnachtsmann ihr Wünsche erfüllen kann. Na toll, wie erkläre ich einem gehörlosen Kind was ein Wunsch ist, mir fällt nichts mehr ein. Nach langem hin und her, holt sie völlig genervt Zettel und Stifte. Na endlich, sie hat mich doch verstanden. Hoffe nur, dass sie nicht irgendwelche Haustiere aufmalt, dann habe ich mir ein richtiges Eigentor geschossen.

Oh nein, ich glaube es nicht, sie malt eine Banane. Eine dicke fette Banane, quer über das A4 Blatt. Ein toller Wunsch, aber ob der Weihnachtsmann den erfüllen kann, da bin ich mir nicht so sicher. Ich lasse sie fertig malen, bin heil froh, dass sie überhaupt etwas aufmalt. Wir stecken den außergewöhnlichen Wunschzettel in ein Umschlag, noch die Pseudoadresse darauf und ab in den Briefkasten. Dieser ganz besondere Wunsch geht mir ziemlich nahe. Es gibt doch so vieles was sich Kinder wünschen können, aber nein, Moni wünscht sich eine Banane. Vielleicht hat sie den Sinn doch nicht so ganz verstanden, ich habe keine Ahnung. Obwohl, Bananen gibt es wirklich selten bei uns, verstehe ich schon, dass sie sich welche wünscht. Im Internat kriegt sie sowas kaum, da gibt es nur „Karo einfach" und Massenabfertigung wegen der vielen Kinder. Wenn es zu Hause mal welche gibt, dann werden die meistens unter den Mitarbeitern in der Kaufhalle verteilt, bevor die leeren Kartons auf dem Hinterhof landen und wir sie vom Küchenfenster aus sehen können. Ich habe das Glück, über unsere Firma ab und an welche kaufen zu können. Die bleiben dann so lange liegen bis Moni am Wochenende kommt. Egal ob sie schon schwarz angelaufen oder matschig sind, die bleiben fürs Kind und die ganze Wohnung riecht dann danach. Wenn sie in den Ferien zu Hause ist und es gibt in der Kaufhalle Bananen, Kirschen oder andere exotische Sachen, dann rennt sie schnell rüber. Schnappt sich den erstbesten Einkaufswagen, ob ihn gerade einer haben will oder nicht, das ist dann ihrer und fertig. Das Gemecker hinter ihrem Rücken hört sie nicht. Auch wenn sie die Blicke sieht, die sie natürlich versteht, es ist ihr egal. Schließlich will sie nur schnell Bananen kaufen. Die Verkäuferinnen kennen sie alle und mit oft unverständlichen Zeichen kommen sie auch miteinander klar. Anfangs sind wir zusammen hingegangen, aber mittlerweile ist sie groß genug und bekommt das alleine hin. Außerdem ist es mir zu peinlich, wenn sie sich immer vordrängelt. Sie muss lernen sich alleine durchzuschlagen. Ich ertrage diese dämlichen Diskussionen der Leute nicht, es nervt. Keiner versteht, dass auch mein Kind mal eine Banane essen möchte. Das sind solche Alltagsprobleme, die mich immer traurig machen. Ich will nicht bevorzugt werden, nur weil ich ein behindertes Kind habe. Aber ich will meinem Kind auch ganz normale Sachen bieten, die andere Kinder zu Hause bekommen oder erleben dürfen.

Moni zählt zu den Besten in ihrer Klasse, bringt nur gute Noten mit nach Hause und paukt jede freie Minute. Wir, die stolzesten Eltern, sind stolz darauf, wie sie als Gehörlose mit der Behinderung umgeht. Sie macht und traut sich Dinge, die wir Hörenden niemals tun würden. Drängelt sich z.B. überall vor, ignoriert die oft blöden Blicke oder Kommentare von den nichts ahnenden Leuten. Das geht ihr einfach am A… vorbei. Sie will nicht jedem zeigen und erklären, dass sie gehörlos ist, warum auch, schließlich sieht sie nicht behindert aus. Nur, die Leute können es nicht sehen, verstehen ihr Verhalten nicht und wettern drauf los. Oder sie machen mich an, ob ich denn mein Kind nicht richtig erziehen kann und all dieses dumme Gelaber. Wüssten sie es besser, würden sie bestimmt anders, netter und höflicher sein. Diese Erfahrung muss Moni aber irgendwann selbst machen, habe es ihr oft genug erklärt, nur da schaltet sie auf Durchgang.

Ich habe mich an solche Situation längst gewöhnt, naja, mal mehr, mal weniger. Mein Kind ist behindert, ist gehörlos und wird es wohl immer bleiben. Die Alltagsprobleme können wir so einigermaßen stemmen, aber es gibt immer wieder neue Situationen, die mich kopflos, kaputt und mürbe machen. Könnte sie hören, wäre für uns alle das Leben viel einfacher, viel schöner und unkomplizierter. Eben wie bei jeder normalen Familie, aber so ist alles anders bei uns.

Gerne würde ich mein Kind selbst erziehen, aber das macht die Betreuerin im Internat. Auch wenn das eine ganz liebe und nette Frau ist, es tut weh. Es tut weh, dass diese so wichtige Aufgabe eine fremde Person übernimmt. Die Kinder sehen sie als Mutter im Internat und zu Hause haben sie ihre richtige Mama. Noch 5 Jahre muss ich aushalten, dann ist sie mit der Schule fertig und kommt nach Hause. Vielleicht aber auch nicht, wir wissen nicht wie es dann weiter geht, ob sie einen Beruf lernen kann und wo so was überhaupt möglich sein wird.

Die Woche über wohnt sie in der gehörlosen Schule, im Internat. Am Wochenende ist bei uns dann Kind und Familie angesagt, da gibt es nichts wichtigeres. Wir können uns an den Wochenenden nicht groß mit Freunden treffen, mal ausgehen oder was unternehmen. Das bisschen Zeit was wir zusammen haben, genießen wir auch gemeinsam und quatschen meist bis spät Abends. Moni hat immer so viel zu erzählen, das tut sie liebend gerne. Alles erzählt sie bis ins Detail und das dauert manchmal sogar Stunden, bis in die Nacht. Wenn ich was nicht so richtig verstehe, frage ich nicht mehr nach, dann würde es noch länger dauern. Das ständige, konzentrierte Anschauen, macht mich müde und schlapp. Bin es ja nicht gewohnt, so wie die Gehörlosen untereinander. Auch wenn es ewig dauert bis sie alles erzählt hat und ich die richtigen Gebärden für die Antworten gefunden habe, bin ich froh, dass sie so offen zu uns ist. Dass sie so ein großes Vertrauen uns gegenüber hat und nicht nur die guten Erlebnisse erzählt, sondern wirklich alles. Irgendwie sind mein Mann und ich, mehr Kumpel als Eltern für sie und das ist schön so, es fühlt sich einfach gut an. Wenn wir zur Elternversammlung kommen, meist einmal im Monat, steht gleich eine ganze Traube gehörloser Kinder um uns herum. Sie denken, dass ich die große Schwester bin und sind völlig platt, wenn Moni sie aufklärt. Die Kids sind ganz außer sich, umringen uns von allen Seiten, als wären wir Außerirdische. Sie freuen sich, weil wir so gut Gebärden und uns mit den Meisten von ihnen ein wenig unterhalten können. Sie fühlen sich von Fremden, von hörenden Menschen verstanden, das macht sie glücklich. Die meisten Eltern können keine

Gebärden oder nur wenige, sie sprechen ganz normal mit ihren Kindern. Obwohl die dann nur Bahnhof verstehen oder eben gar nichts, sie nicken einfach, haben ihre Ruhe und alle sind zufrieden. Wenn die Kinder sich unterhalten, alles mit Gebärden und Gesten, dann komme ich nicht mehr mit. Das geht mir viel zu schnell, fühle mich wie besoffen, alles dreht sich im Kopf und ich gebe auf.

Zu Hause hat Moni kaum Freunde, außer den kleinen Hund „Boris" bei meinen Schwiegereltern. Wie auch, wenn sie die ganze Woche über weg ist. Den Hund haben sich Schwiegereltern nur wegen Moni angeschafft. Lange hat sie uns ein Ohr abgekaut, wollte unbedingt ein Haustier, egal was, nur ein Haustier, damit sie nicht immer allein zu Hause ist. Wir konnten es aber mit unserer Arbeit nicht vereinbaren. Selbst wenn wir mal weg fahren wollten, hätten wir das Problem, das Tier unterzubringen. Sie war sehr traurig weil wir ihr diesen Wunsch nicht erfüllen konnten. Also fing sie an auch bei Oma und Opa zu betteln. Die haben ihr dann eines Tages diesen Wunsch erfüllt und Moni kümmert sich noch heute rührend um den kleinen Boris, wenn sie zu Hause ist. Trotz Hund ist sie oft sehr einsam, um so mehr freut sie sich, wenn einer ihrer gehörlosen Kumpels übers Wochenende mit zu uns darf. Dann muss sie sich nicht allein in der hörenden Welt durchschlagen. Dann ist Stimmung in der Bude und der Spieß wird einfach umgedreht. Ich verstehe nur noch Bahnhof und kann mich an ihren Gesprächen nicht beteiligen. In solchen Situationen stelle ich mir vor, wie es Moni geht, wie sie sich fühlt, wenn sie zwischen Hörenden sitzt. Man glaubt, die anderen quatschen über einem, man beobachtet jede Geste und versucht Zusammenhänge zu finden. Meist geht das nach hinten los, weil irgend was falsch gedeutet oder verstanden wird. Es fühlt sich schlecht an, allein in dieser anderen Welt zu sein, man ist ein Außenseiter. Um so mehr verstehe ich, dass sie sich nach den gehörlosen Kindern in der Schule sehnt. Darum freut sie sich Montags alle wieder zu treffen und kommt nicht schnell genug in den Bus. Ja ich verstehe sie, nehme es ihr auch nicht übel, wenn sie mal verpasst Tschüß zu sagen. Auch wenn es mich traurig macht, es ist ok so wie es ist. Das ist nun mal ihre Welt, diese stille, andere Welt, da wird sie verstanden und alle haben das gleiche Problem.

Sicher wären Geschwister schön, dann hätte sie zu Hause Spielkameraden. Das kommt aber für mich nicht in Frage. Naja, wenn es passiert dann passiert es, aber bestimmt nicht gewollt. Ich könnte es nicht ertragen, noch ein gehörloses Kind zu haben. Es auch in die Gehörlosen Schule abzugeben und nur an den Wochenenden zu versorgen. Selbst wenn es nicht gehörlos wäre, dann würde es immer zu Hause sein und automatisch verwöhnt werden, auch wenn ich es nicht wollte. Das könnte ich nicht ertragen, es wäre unendlich gemein meiner Moni gegenüber. Diesen Stress will ich mir nicht auch noch antun. Es wird keine Geschwister geben, auch wenn ich immer von zwei oder drei Kindern geträumt habe.

Endlich ist Weihnachten und die Hütte wird wieder voll. Omas, Opas, Onkel und Tante kommen zum Heiligabend. Traditionell, wie früher bei meinen Eltern, gibt es Kartoffelsalat mit Bockwurst. Alles ist schon fertig und ich kann langsam aufatmen. Moni ist total aufgelöst, freut sich auf so viel Besuch und macht mich mit ihrem herum getobe in der Wohnung ganz verrückt. Überall eckt sie an, ständig fliegt irgendwas herunter, was sie nicht bemerkt, also bleibt es liegen. Den schön geschmückten Tannenbaum fand sie doof. Hat sich gestern Abend noch bei gemacht, alle Kugeln abgenommen und wieder neu angehängt. Jetzt gefällt er ihr. Sie steht alle fünf Minuten davor, bestaunt ihn und zeigt mir zum hundertsten mal, das er jetzt viel hübscher ist. Ich zeige zur Tür. Sie soll mal schauen, wer da kommt, denn es hat geklingelt. Lautes Kreischen und ein dumpfes „Opa" Geschrei, ist bis in die Küche zu hören. Meine Eltern, na toll, wie immer viel zu früh. Zum Kaffee war abgemacht, aber egal, jetzt sind sie da und Moni ist froh, dass endlich einer Zeit für sie hat. Klar, als erstes müssen sie den von ihr neu geschmückten Baum bestaunen. Mein Mann kommt auch schon von der Arbeit und ich kann auf etwas Hilfe bei der Bewirtung der Gäste hoffen. Moni hat zu tun alle reinzulassen und albert mit ihrem Opa herum. Hund Boris ist das alles zu viel Trubel und wohl auch zu laut. Er will sich unter dem Weihnachtsbaum verkriechen. Aber das wird natürlich nichts, keine Chance bei Moni. Sie zerrt ihn jedes mal raus und er muss das machen, was sie will. Das Wohnzimmer sieht jetzt schon aus als wäre eine Bombe eingeschlagen. Wieder klingelt es, ist wie im Taubenschlag heute. Diesmal aber ist nichts zu hören. Einfach Stille, Totenstille. Ich gucke um die Ecke. Ups, der Weihnachtsmann ist da, na das klappt doch. Moni steht wie versteinert vor ihm. Begutachtet ihn von oben bis unten mit ihren großen Kulleraugen und traut sich kein Schritt vor oder zurück. Einen kurzen Moment später nimmt sie seine Hand und führt ihn wie ein Bodyguard ins Wohnzimmer. Zeigt ihm, mit der noch freien Hand winkend, er soll mitkommen. Natürlich muss auch er ihren selbst geschmückten Baum begutachten und zeigt ihr mit der rechten Hand „hübsch. Na da guckt sie aber, der Weihnachtsmann kennt die Gebärde für „hübsch". Sie wird zutraulich und fuchtelt mit ihren Händen vor seinem Gesicht herum. Sie zeigt auf den großen, dick gefüllten Sack, was heissen soll, her mit den Geschenken. Der gute Mann sieht durch die Maske nicht unbedingt viel, so dass er Moni alle Geschenke einfach in die Hand drückt. Der Berg wird immer größer, größer als sie selbst und sie fängt an alles aufzureißen. Papier, Schleifen und Verpackungen, alles fliegt quer durchs Wohnzimmer. Ihr Gekreische und Geschrei wird von mal zu mal lauter. Egal ob es ihr Geschenk ist oder nicht, sie freut sich über alles was sie auspacken darf. Sogar das mit den Bananen hat noch geklappt. Die konnte ich vor zwei Tagen in der Firma kaufen und sie dem Weihnachtsmann, unserem Untermieter, geben. Moni strahlt über das ganze Gesicht, als sie die Dinger sieht. Verdrückt gleich eine und ich erkläre ihr, dass der Weihnachtsmann ihren Wunschzettel bekommen hat. Erst überlegt sie, dann wird ihr wohl klar, was so ein Wunschzettel bedeutet.

Mein Mann wurschtelt in der Küche herum, schneidet den Stollen und die selbst gebackene Himbeertorte auf. Ich habe mit aufräumen und dolmetschen zu tun. Moni will jedem was erzählen und ich darf alles in Worte, beziehungsweise umgedreht, in Gebärden übersetzen. Nicht nur Moni, auch die Schwiegereltern sind sehr mitteilungsbedürftig. Sie reden einfach drauf los, obwohl ich noch zu tun habe, das vorher am Tisch gesprochene zu übersetzen. So läuft das hier ab, ich den ganzen Abend am dolmetschen, mit immer stärker werdenden Kopfschmerzen, als würde eine Achterbahn bei jeder Kurve mein Gehirn streifen. Längst bettreif, hantiere ich mit meinen Händen herum und versuche Moni alles zu übersetzen. Eigentlich bräuchte ich fünf Ohren, um all das Gehörte abzuspeichern und es ihr nach und nach zu vermitteln. Am Schlimmsten für mich, wenn Witze erzählt werden und sich alle lauthals vor Lachen krümmen. Logisch, auch das will Moni verstehen, sie will mitlachen. In solchen Momenten bin ich restlos überfordert. In der gehörlosen Welt gibt es kaum Witze oder Redewendungen. Sie leben in einer realen Welt. Ein Witz muss man schnell und mit Betonung erzählen, damit es ein Witz bleibt. Um so schwerer für mich, Moni ein Witz in Gebärdensprache zu übersetzen. Wobei das gebärden gar nicht so schlimm ist, aber sie versteht den Sinn eben nicht. Sie findet nichts lustig daran und fragt mich immer wieder, warum die Leute so viel lachen.

Aber schön zu sehen, dass mein Kind glücklich ist, sich mit allen unterhalten will und wir das irgendwie immer hinbekommen. Egal wie kaputt ich am Ende bin, mein Kind ist glücklich und das zählt. Diese strahlenden Augen, ich sehe sie viel zu selten. Niemals darf meine Maus merken, dass ich ihretwegen so fertig und oftmals kopflos bin. Selbst das ist ein Kampf, immer zu

lächeln, auch wenn mir gerade nicht danach zumute ist.
Irgendwann kommt der Zeitpunkt, da werde ich ihr alles erklären
und sie wird mich hoffentlich verstehen.

Es war, wie jedes Jahr, ein wunderschönes Weihnachtsfest. Moni
ist wieder in der Schule und mein tristes Dasein, jedenfalls ohne
Kind, hat mich schnell wieder ein.
Ich frage meinen Mann ob was passiert ist, so früh ist er selten zu
Hause und schon gar nicht so aufgelöst. Er erzählt mir, dass er ein
tolles Angebot von der Firma bekommen hat. Er soll in der Nähe
der Gehörlosen Schule ein Schlosshotel übernehmen. Ein
Schlosshotel, oh man, das klingt wie im Märchen. Das ist doch
bestimmt eine Nummer größer, als die Hotels mit denen wir hier
zu tun haben, ich kann es kaum glauben. Er erzählt und erzählt,
ohne Luft zu holen. Natürlich will er mich schon jetzt davon
überzeugen, das Angebot anzunehmen. Klingt ja nicht schlecht,
dann könnte Moni jeden Tag nach Hause kommen und müsste
nicht im Internat schlafen. Ich könnte Mama sein, jeden Tag mein
Kind selbst erziehen und beim Lernen helfen, das wäre wirklich
ein Traum. Aber bevor wir uns entscheiden, wollen wir uns das
schon genauer angucken.
Vor lauter Aufregung habe ich die Nacht kein Auge zu
bekommen, war nur am Träumen. Mein Kind wohnt wieder zu
Hause, ich habe mein Kind zurück und darf Mama sein. Es hat
sich so schön geträumt. Ich bin erst aufgewacht als mir der
Kaffeegeruch in die Nase zog.

Wir haben heute beide frei und sind auf dem Weg zu diesem Schloss. Die Sonne scheint und ich schon wieder mit den Gedanken sonst wo. Stelle mir gerade vor, wie es ist, wenn Moni zu Hause lebt, jeden Tag bei uns ist. Ich hätte so viel Zeit mit ihr zusammen, wir könnten jeden Tag was unternehmen. Ich würde merken, wenn es ihr mal nicht gut geht und könnte sie trösten. Ach es wäre wunderbar, wieder alle drei zusammen, jeden Tag zusammen am Frühstückstisch und eine glückliche Familie, so wie ich es immer wollte.

Das Ortsschild ist kaum zu lesen, so verdreckt, nicht unbedingt einladend. Sieht eher wie ein kleines Dorf aus. Links ein Kuhstall, rechts ein Schweinestall und dazu kaum auszuhaltender Gestank. Es gibt nur eine Straße, Dorfstraße natürlich, selbst die ist voller Dreck. Hier kommt man nur mit Gummistiefeln und Gasmaske durch, einfach eklig. Von weitem ist schon das Schloss zu sehen. Es passt so gar nicht in dieses Bild, in dieses stinkige Dörfchen. Es wurde 1912 nach einem Brand im neubarocken Stil wiederaufgebaut. Ich glaube, ich habe mich schon verliebt, es sieht einfach traumhaft aus. Überall Erker und kleine Turmspitzen, wie im Märchen. Mein Mann natürlich ganz aufgelöst, trampelt hin und her und will endlich rein. Wir müssen aber auf den Verwalter warten, der soll uns herumführen und alles zeigen.

Neben dem Schloss steht ein wunderschönes Einfamilienhaus, da dürften wir dann wohnen. Oh man, ist das irre, so ein tolles Haus, nur für uns drei. Haustür auf und schon auf Arbeit. So ein Angebot bekommen wir bestimmt kein zweites Mal, das ist wie ein 6er im Lotto. Bis zur Gehörlosen Schule nur vierzig Autominuten, also ein Klacks, um unser Kind täglich zu holen. Der Verwalter kommt um die Ecke, natürlich mit Gummistiefel und Arbeitshose. Er entschuldigt sich für sein Aussehen und verschwindet wieder. Nach fünf Minuten steht er dann vor uns, jetzt aber geschniegelt und gestriegelt. Eben ein feiner Herr, wie ein echter Schlossherr. Er führt uns in die Eingangshalle. Uns bleibt der Mund offen stehen, wir sind geplättet, kriegen beide kein Wort mehr raus. Ich habe so was noch nie gesehen. Eine riesige Mahagoni Treppe führt in die oberen Etagen, an den Wänden übergroße Gemälde und unzählige Geweihe. Ich brauche nichts weiter zu sehen, mir reicht es. Habe Schmetterlinge im Bauch und würde am liebsten sofort hierbleiben. Mein Mann stellt tausend Fragen, ich höre gar nicht mehr hin, bestaune weiter diese wunderschöne, bestimmt drei Meter breite, Treppe. Riesige Kronleuchter an der Stuckdecke, das kenne ich nur aus alten Filmen, einfach traumhaft. Nach gefühlten vierzig Minuten zeigt er uns noch das Einfamilienhaus. Es hat alles wovon man träumt. Eine Terrasse, Kamin, Balkon und sogar eine Tiefgarage. Selbst ein eigener Bootssteg und ein Pool im Garten gehören dazu. Ein Gäste-WC und ein riesiges Bad, wo die Badewanne mitten im Raum steht, ich bin hin und weg, kann es nicht glauben. Mein Mann will gleich den Vertrag unterschreiben, der wird uns aber in den nächsten Tagen erst zugeschickt. Also weiter träumen und die Zukunft im Kopf planen. Irgendwie wird mir langsam schlecht, übel von dem beissenden Gestank der Kuh- und Schweineställe. Das ganze Dorf stinkt bestialisch und hier scheint niemand weiter zu wohnen, außer die Kühe, Schweine und vielleicht der Bauer aus dem Dorf.

Wieder zu Hause lassen wir den Ausflug und das ganze drum herum noch mal Revue passieren. Wir diskutieren hin und her. Alles klingt und sieht super aus, eigentlich perfekt. Ich habe, wie so oft Zweifel und überlege weiter. Was machen wir, wenn wir mal nicht arbeiten? Hier gibt es doch nichts außer Tiere und Gestank. Macht uns das glücklich? Ich stelle mir selbst tausend Fragen, was die Zukunft betrifft. Mein Mann versucht mir weiter alles schön zu reden, ich finde aber immer wieder Gegenargumente. Auch wenn alles traumhaft klingt, ich glaube dass wir in dem Nest kaputt gehen. In dem Dörfchen gehen wir ein wie eine Blume ohne Wasser. Glücklich werden wir vielleicht auf Arbeit und dass unser Kind jeden Tag zu Hause wäre. Das war doch immer unser Traum? Aber das Leben besteht doch nicht nur aus Arbeit, es gibt auch ein Leben danach. Irgendwann ist Moni aus der Schule und wir hängen weiter in diesem verträumten „Etwas" fest. Wir müssen doch von der vielen Arbeit abschalten und atmen können, einfach auch noch leben. Der Gestank von den Tieren zieht garantiert in das ganze Haus, in unsere Klamotten, das kriege ich nicht mehr raus. Ist doch eklig, ich habe den Geruch noch immer in der Nase. Nein, ich bleibe hier, hier an der schönen Ostsee mit gesunder Luft. Hier wo immer was los ist, wo wir viele Freunde haben und eine tolle Arbeit. Mein Mann sichtlich geknickt und traurig, kriegt es über sein Herz, mir Recht zu geben. Er verspricht, den Vertrag nicht zu unterschreiben und will morgen gleich beim großen Boss alles abblasen. Also geht unser Leben weiter wie bisher - die ganze Woche ohne Kind.

Moni kommt wieder ganz aufgelöst an. Sie zeigt mir, bevor wir uns in den Armen liegen, dass sie heute mit Papa zum Fasching geht. Ich erkläre ihr, dass morgen erst die große Faschingsparty ist und wir heute zu Hause bleiben. Ihre Kinnlade fällt runter, will mich nicht mehr begrüßen und flitzt eingeschnappt in ihr Zimmer. Ich schleiche mich langsam rein und erkläre ihr nochmal, dass Morgen Fasching ist und wir heute ein Kostüm zusammen suchen müssen. Sie strahlt wieder, reißt ihren Kleiderschrank auf, zerrt ein Teil nach dem anderen heraus. Nun mal ganz ruhig. Jetzt gibt es Mittag, wie immer Nudelsuppe, und dann machen wir uns an das Kostüm. Hurra, sie hat mich verstanden, gleich beim ersten Mal. Sie rennt wie angestochen in die Küche und schlingt die Suppe runter als hätte sie drei Tage nichts bekommen. Ich frage sie, als was sie denn zum Fasching gehen will. Sie weiß es nicht, winkt nur ab, was egal bedeutet. Na toll, wie soll ich da was finden, habe ja auch keine Ahnung. Wir wühlen beide, wie zwei angestochene Hühner, ihren prall gefüllten Schrank durch. Finden eine Jeansweste, die zwar schon etwas klein ist, aber für den Fasching geht es noch. Dazu ein kariertes Hemd und Jeansshorts. Genau, als Cowboy Girl kann sie gehen, einen schwarzen Cowboy Hut haben wir doch auch irgendwo. Sie zieht alles an, macht Schaulaufen in der Wohnung und versteht noch immer nicht, dass es erst morgen losgeht. Erneut fängt sie an mit mir zu diskutieren. Ich kann es aber nicht ändern, der Fasching ist nun mal erst morgen. Ihre Stimmung ist gerade wieder am kippen. Sie hatte sich auf heute eingestellt und behält, vor lauter Frust, die Klamotten an und verbarrikadiert sich in ihrem Zimmer.

Aus dem tiefsten Schlaf gerissen, steht Moni vor mir, zerrt meine Bettdecken weg und kreischt unverständliches Kauderwelsch. Es ist 6 Uhr, ich glaube es nicht. Sie hat schon wieder ihr Faschingskostüm an oder immer noch und zeigt dass sie los will. Mein Mann räkelt sich hoch, versteht erst gar nicht was passiert ist. Sichtlich genervt versucht er ihr zu erklären, dass es erst nach dem Mittag los geht. Jetzt streikt sie total. Sie will kein Mittag, rennt in den Flur und zieht sich in aller Seelenruhe die Schuhe an. Mein Mann erklärt es ihr noch einmal. Das interessiert sie aber alles nicht und geht frech aus der Wohnung. So nun sehen wir beide alt aus. Was jetzt? Nach gefühlten zwei Minuten geht die Tür wieder auf, sie hat es sich wohl doch anders überlegt. Zieht ihre Schuhe aus und zeigt mir, dass sie jetzt Mittag essen will. Na super, jetzt wird erst gefrühstückt bevor es Mittag gibt. Zum Glück klingelt es im selben Augenblick an der Tür und Moni macht auf. Sie freut sich riesig. Ihr Cousin und Onkel stehen im Türrahmen. Ihr Cousin ist auch schon im Faschingskostüm und ganz aufgelöst. Situation und Diskussionen gerettet, ich kann aufatmen. Die Kinder toben herum, sind abgelenkt und machen ihre eigene Faschingsparty. So sieht es nach zehn Minuten in der ganzen Wohnung auch aus. Wie ein Schlachtfeld, ich werde irre. Endlich Ruhe im Schiff, alle sind unterwegs zum Fasching und ich habe mit aufräumen und sauber machen zu tun. Eine himmlische Ruhe! Selbst beim Aufräumen kann ich mal abschalten und das tut so gut.

Wie so oft hat mein Mann hier gerufen, als Jugendtourist mal wieder einen Reiseleiter für eine Busfahrt nach Gdansk in Polen gesucht hat. Er darf Frau und Kind vergünstigt mitnehmen. Also hatte ich gestern den ganzen Tag, mit Koffer packen zu tun. Erst alles rein, dann wieder raus und hin und her. Wie wird das Wetter? Brauchen wir lange oder kurze Sachen? Ich habe geflucht bis zum geht nicht mehr. Sommerurlaub ist viel praktischer. Da braucht man nur kurze Klamotten und eventuell was für den Abend zum drüber ziehen. Ich freue mich trotzdem, obwohl mich der Gedanke an die lange Busfahrt jetzt schon anwidert. Aber egal, einfach mal raus. Raus aus dem alltäglichen Trott, abschalten und genießen, das brauchen wir alle drei mal wieder.
Der Bus ist voll ausgebucht, alle Altersgruppen und die Ersten hängen schon an den Bierflaschen. So ist auch die Stimmung, mit lautem Lachen, Singen und Grölen. Der Busfahrer hat seinen Spaß und Moni erst Recht. Sie flirtet, rennt von Sitzplatz zu Sitzplatz, und versucht ein paar Gebärden unter die Leute zu bringen. Manche kriegen es hin und andere brechen sich bald die Finger, worüber sie sich kaputtlacht.

Endlich Pause, ich kann nicht mehr sitzen und alle Knochen tun mir weh. Ein Gedrängel im Gang, jeder will als Erster raus an die frische Luft und die Beine vertreten. Die Raststätte wird von den Leuten förmlich gestürmt. Wo ist Moni, ich kann sie nicht mehr sehen? Mein Mann zeigt von weitem, dass sie schon raus ist. Na toll, das gibt es ja wohl nicht, sonst ist sie immer die Letzte. Ich steige aus, sehe die vielen Trucks umher kurven und mittendrin mein Kind. Alles erstarrt an und in mir. Das Blut hört auf, durch meine Adern zu strömen. Mein Atem stockt. Ich renne, ohne nach links oder rechts zu schauen. Ohne auf die Trucks und anderen Autos zu achten, will ich nur mein Kind da weg holen. Rufe sie instinktiv, was ja Quatsch ist und höre um mich herum tausend Reifen quietschen. Wie ohnmächtig kralle ich mich an ihren Arm fest und zerre sie zu mir herüber. Ohne mich umzudrehen renne ich wie eine Besengte, mit dem Kind im Schlepptau, rein in die Raststätte. Geschafft, nichts passiert, aber ich fix und alle. Ich schnappe nach Luft, muss erst mal runter kommen, mich beruhigen, alles an meinem Körper ist am Zittern. Moni versteht nicht was los ist, warum ich so aufgelöst bin und nervt mich gleich mit Fragen. Ich kann nicht reden, nicht gebärden, nicht antworten, ich brauche Zeit. Was war das eben? Langsam strömt das Blut wieder in meinen Adern, mir wird heiß oder kalt, ich kann es nicht richtig deuten. Es soll doch ein entspannter Urlaub werden und nun so was? Habe noch immer Monis Ärmel in meinen Krallen, ganz fest. Meine Muskeln sind verkrampft und bewegen sich keinen Zentimeter. Moni zerrt und zieht am Arm, will sich losreißen, aber ich kann nicht loslassen. Wie in einem Schraubstock ist ihr Arm in meiner Hand gefangen. Mein Mann steht neben mir, streichelt und beruhigt mich, wie immer. Langsam, ganz langsam werde ich wach und die Situation entspannt sich, somit auch meine Muskeln.

Mit noch immer zittrigen Händen versuche ich Moni zu erklären, was eben schief gelaufen ist und das ich große Angst um sie hatte. War klar, sie winkt ab und meint, „alles in Ordnung, ist doch nichts passiert". Außerdem würden die Autofahrer sie schließlich sehen und abbremsen. Ich erkläre ihr noch mal, dass die Situation schon ziemlich gefährlich war. Die Autofahrer wissen nicht, dass sie gehörlos ist. Sie hupen und fahren ihr Tempo weiter, in der Annahme, dass die Leute schon zur Seite springen. Zum Glück hatte Moni ihren Schutzengel aktiviert und alles ist gut ausgegangen, wie so oft. Trotzdem lasse ich sie vorerst nicht mehr aus den Augen, selbst zur Toilette gehe ich mit. Sie findet meine Reaktion natürlich bescheuert, egal, da muss sie jetzt durch. Sie zeigt mir, dass sie schon groß genug ist und ich mir keine Sorgen machen soll. Ganz ehrlich, wie lange kann so was gut gehen? Ich mag gar nicht weiter darüber nachdenken und beruhige mich damit, dass nichts passiert ist, eben wie immer.

Endlich am Hotel angekommen, Moni will gleich wieder los rennen. Diesmal passe ich auf, schnappe mir ihre Hand so schnell ich kann. Auch wenn es ihr nicht passt und sie herumzerrt, wir gehen zusammen aus dem Bus und nicht anders. Lasse sie dann aber doch los, hier gibt es keine Trucks und keine Autos, nur unseren Bus. Eine nette kleine Pension, von außen nicht unbedingt einladend, aber die Zimmer sind mit dem Nötigsten ausgestattet und zum Schlafen reicht es. Das Personal ist ziemlich unfreundlich, die gucken alle so grimmig. Schon nach dreißig Minuten sind die ersten heißen Diskussionen an der Rezeption in vollem Gange. Es wird immer lauter, keiner von uns kann polnisch und die Anderen können kein Deutsch, also Stress vorprogrammiert. Ein paar von unseren Leuten haben ziemlich tief ins Glas geguckt, werden immer dreister und fangen teilweise an herum zu brüllen, so was Peinliches. Moni ganz locker, kriegt von all dem nichts mit. Sie geht zu einer Frau und zeigt ihr, dass sie Durst hat. Ist ja geil, die Frau hat es verstanden und gibt ihr ein Glas Wasser. Also geht es auch ohne Polnisch und Deutsch, einfach mit Händen und Füßen, das versteht Jeder. So lerne auch ich immer wieder dazu. Auf diese Weise eigne ich mir Tipps und Tricks von meiner gehörlosen Tochter an, wie man einfacher durchs Leben gehen kann und das ist ziemlich cool. Man muss keinen teuren Englischkurs absolvieren, um sich auf der Welt durchzuboxen, das geht alles mit Zeichen und Gesten. Wenn man plant in ein anderes Land auszuwandern, ist die Landessprache natürlich angebracht, aber für einen Kurzurlaub blödsinnig. Jedenfalls ist das meine Erfahrung, die ich in den letzten Minuten gemacht habe.

Jetzt geht es in die Diskothek, ein bisschen Party muss sein. Moni ist ganz aufgelöst, ist schließlich ihr erster Diskobesuch. Eine ältere Dame, auch mit grimmigem Gesichtsausdruck, mit zerfetztem und durchlöchertem Kleid, zeigt uns den Weg. Eine enge schmale Treppe runter, dann links. Wirklich sehr eng, dazu noch dunkel, muffig und die Wände von oben bis unten beschmiert, mit was auch immer. Der ganze Raum ist dunkel und von Gemütlichkeit keine Spur. Aus irgendeiner Ecke schallt Musik, komische Musik, klingt polnisch, ganz und gar nicht unser

Ding. Wir kennen Disko anders, mit DJ und so. Das scheint man hier nicht zu kennen. Andere Länder, andere Sitten eben. Wohl oder übel suchen wir uns einen Platz, gemütlich mit einer Eckbank. Bequem ist die nicht unbedingt, wie alles hier ziemlich voll gesifft und runtergekommen. Es gibt auch keine Bedienung wie bei uns, nicht mal ein Tresen oder Ähnliches ist zu sehen. Seltsam, ein Raum mit Tische und Stühle, Musik von irgendwo, aber kein Personal. Das ist also polnische Disko, ich bin begeistert, der Rest unserer Truppe noch mehr. Die gröhlen und meckern lauter als die Musik. Einige von unseren Leuten holen sich Getränke aus ihren Zimmern. Sie hatten für die lange Fahrt genug eingepackt und langsam kommt mal Stimmung auf. War natürlich klar, Moni muss auf´s Klo. Ich zeige ihr, dass wir auf unser Zimmer gehen, aber nein, sie will hierbleiben. Na egal, ich frage mich an der Rezeption durch, wieder mit Händen und Füssen, klappt super. Überall ist es dunkel, kennen die keine Lampen in Polen? Ich finde es unheimlich, wie im richtigen Horrorfilm. Hier riecht es nicht nur muffig, teilweise stinkt es sogar. Mir ist nicht wohl, bin kurz davor mich zu übergeben. Ich müsste auch mal, aber verkneife es mir.

Ich werde verrückt, Moni hat die Tür von innen verschlossen und bekommt sie nicht mehr auf. Sie schreit, brüllt und haut mit dem Fuß von innen an die Klotür. Mir stockt gleich wieder das Blut in den Adern, ich drehe durch. Ihr brüllen wird immer lauter. Ich bin wieder kopflos und keiner da der mir helfen kann. Wie soll ich die Tür auf kriegen, wie soll ich mein Kind beruhigen? Von allen Seiten zu, nicht mal ein Schlitz wo ich ihr einen Zettel durchschieben könnte. Aufgelöst und wie von Sinnen renne ich die Treppe herunter. Schnappe mir meinen Mann und zwei andere Typen. Unterwegs erkläre ich was passiert ist. Ich zittere am ganzen Körper, mein Kind da drin und ich kann ihr nicht helfen, nicht beruhigen oder in den Arm nehmen. Bestimmt hat sie höllische Angst, ganz allein in der kleinen dunklen Zelle. Habe das Parkplatzdrama noch nicht ganz überwunden und jetzt so was. Die Männer versuchen sich an der Tür, aber sie schaffen es nicht ohne Werkzeug. Moni wird ruhiger, bemerkt das werkeln an der Tür. Jetzt kommt eine polnische Frau, bestimmt die Klofrau, sieht jedenfalls so aus. Sie schreit herum, auf polnisch, fuchtelt mit ihren Armen als wäre sie auch gehörlos und wird dabei immer lauter. Die tut gerade so als würden wir einen Tresor knacken wollen. Ich versuche ihr zu erklären was passiert ist, dass mein Kind nicht hören kann, aber sie versteht mich nicht. Sie zeigt mir, dass Moni sich beruhigen soll. Na super, wie soll ich ihr das denn erklären. Diese Frau treibt mich in den Wahnsinn und gibt mir noch den Rest. Kapiert sie es nicht? Mein Kind kann nicht hören und will da nur endlich heraus. Mein Schädel platzt gleich, die Achterbahn dreht ihre Runden und ich kann sie nicht stoppen. Nach langen zwanzig Minuten, ich schon kreidebleich und halb ohnmächtig vor Sorge, kriegt einer der Männer die Tür auf. Erleichterung, ich habe mein total verheultes und verstörtes Kind im Arm. Sie zittert am ganzen Körper, hat kaum noch Puste vom vielen Schreien und Brüllen. Die Klofrau zetert weiter, keine Ahnung warum und was sie noch will. Soll sie, ich habe meine Maus wieder und gerade Anderes zu tun, als mich mit ihr anzulegen. Genug von dieser unheimlichen Disko, dem muffigen Geruch und dem verschlossenen Klo. Wir gehen in unser Zimmer. Ich habe keine Kraft mit Moni zu diskutieren. Eigentlich war es ja nicht ihre Schuld, es ist eben passiert. Könnte sie hören, hätte ich mit ihr durch die Tür reden und sie beruhigen können. Genau das sind diese schlimmen Situationen, die mich in den Wahnsinn treiben, aber nicht zu ändern sind, ich muss damit leben. Vollends bedient für heute will ich nur noch meine Ruhe und ins Bett. Ziehe die muffige Decke von den Betten und kriege den nächsten Schock. Ist das eklig, hat hier schon einer gepennt? Faustgroße Löcher und Flecken auf der Bettwäsche, da kann ich nicht drin schlafen, kriege schon vom Anblick Lippenherpes. Wutentbrannt renne ich auf den Flur. Da, eine Polin, könnte eine Zimmerfrau sein. Ich winke ihr zu, sie soll bitte kommen. Zeige ihr diese ekligen Betten, aber sie versteht mein Problem nicht oder will es nicht. Sie gibt mir zu verstehen, alles ist in Ordnung. Ich glaube es ja nicht, nichts ist ok. Ich will neue Bettwäsche, ohne Löcher und bitte sauber. Sie guckt mich an, winkt einfach ab, so wie es Moni immer macht und geht wieder. Ich stehe wie versteinert da, von der Kloaktion noch total zitterig und durch den Wind, jetzt der nächste Schock. Bin ich im falschen Film oder träume ich? Ich kneife mir ins Bein. Nein kein Traum, das passiert wirklich, das glaubt mir kein Mensch. So viel Drama an nur an einem einzigen Tag, das ist der reinste Horror.

Die Nacht war grauenvoll, habe kein Auge zugekriegt.

Wenigstens schmeckt der Frühstückskaffee. Der Rest auf dem Büfett sieht grau und eklig aus wie alles hier, bin schon vom

Anblick satt. Moni haut rein, auch die Männer aus der Truppe schlagen sich den Bauch voll. Die Frauen sind wie ich, alle bedient und hatten das gleiche Bettproblem. Dreckig und löchrig, keine von denen konnte schlafen, so sehen sie auch aus, eben wie ich.

Etwas abseits in einer ruhigen Ecke, versuche ich mit Moni noch mal in Ruhe zu reden. Erkläre ihr, dass sie doch bitte ihre Augen aufhalten soll, dass sie die Klotür nie zu schließen darf und eben eine ganz lange Predigt, wie so oft. Das nervt sie, zeigt nur „jaja" und ich soll mir keine Sorgen machen und damit ist ihr Gespräch beendet. Brr, hätte ich auch mit der Wand reden können, ich lasse sie in Ruhe, bringt nichts. Trotzdem machen mich diese ständigen Aktionen von ihr noch wahnsinnig. Ich habe Angst um mein Kind. Ich kann sie doch nicht ständig festbinden, sie ist alt genug und muss endlich selbst auf sich aufpassen. Aber irgendwie gibt es in ihrem Leben, in ihrer stillen Welt, keine Gefahr. Sie hat nie Angst, vor nichts hat sie Angst und bisher ging auch alles gut. Aber was ist wenn es mal nicht gut ausgeht, dann mache ich mir vielleicht Vorwürfe. Also kriegt sie immer und immer wieder eine ordentliche Predigt, die aber nur mich beruhigt und ihr eher egal ist.

Die Stadtrundfahrt und der Besuch auf dem Flohmarkt verliefen glücklicherweise ohne Theater und Stress. Wobei ich von der Rundfahrt nicht viel mitbekommen habe, ich hatte zu tun, Moni so viel wie möglich zu erklären. Auf dem Flohmarkt konnte sie ungehemmt losrennen, ohne dass ich Angst haben musste. Da hat sie allerdings mit mir diskutiert, warum die Leute alte vergilbte und getragene BH's verkaufen oder die vielen rostigen Nägel. Konnte ich ihr aber auch nicht erklären, fand es nur eklig, bezweifle auch, dass so was irgendjemand kauft.

Diesen Kurzurlaub hatte ich mir echt anders vorgestellt. Habe mich in keiner Weise erholt und an Abschalten war gleich gar nicht zu denken. Mein Schädel dröhnt und brummt noch immer, aber nicht vom Alkohol, dazu kam ich gar nicht. Jetzt noch die Stimmung auf der Rückfahrt. Die Hälfte der Truppe, vor allem die männliche Generation, voll im Knatter und einer lauter als der Andere. Moni findet es witzig und macht sich ihren Spaß daraus.

Seit den frühen Morgenstunden stehe ich in der Küche. Mein Mann hat Geburtstag und das Haus wird wieder voll. Das gröbste habe ich fertig und die ersten Gäste trudeln ein. Moni hat zu tun, ständig zur Tür zu rennen und alle rein zu lassen. Sie ist happy, so viele Leute und sie wie immer im Mittelpunkt. Ja das ist ihre Welt, Trubel von früh bis abends.

Ich zeige ihr, sie soll den Fernseher ausschalten, wir wollen Abendbrot essen. Letzte Zeit kommen nur Nachrichten über Grenzüberschreitungen und wie viel wieder über Ungarn abgehauen sind. Es werden immer mehr. Viele sitzen in den Botschaften fest, wollen in den Westen ausreisen, wollen ihre Freiheit. Eine regelrechte Massenflucht hat begonnen, schon seit Wochen geht das so. In vielen Städten gehen die Menschen auf die Straße, wollen die Grenzöffnung erzwingen. Heute wollen wir feiern und keine Gedanken an diese politischen Probleme verschwenden.

Riesiges Geschrei im Fernseher, was ist jetzt passiert? Auch wenn es nervt, schauen wir plötzlich alle gespannt in die Kiste. Keiner denkt mehr an Abendbrot oder Fernseher ausschalten. Wie, was, was war das jetzt, die Grenze wird aufgemacht? Das gibt es nicht? Wie unter Schock gucken wir uns alle an, keiner kriegt ein Wort raus. Das müssen wir erstmal schlucken, begreifen, obwohl es abzusehen war, dass so etwas passiert. Kein Abendbrot, sondern heiße Diskussionen am Tisch. Alle quatschen durcheinander, sind total durch den Wind. Einer freut sich, findet es gut, andere dagegen sind nicht erfreut und haben Angst vor dem was auf uns zukommt. Ich hadere mit mir selbst, kann es noch nicht so einordnen, ob es gut oder nicht gut ist.

Der Abend ist gelaufen, ein Teil der Gäste bricht gleich auf. Sie müssen die Nachricht verbreiten und so ist die ganze Stimmung und die Party förmlich im Eimer. Moni hat mitbekommen, dass irgendwas anders ist, fragt was passiert ist und warum die Leute ohne Essen wieder gehen? Ich versuche ihr erst mal ein bisschen Vorgeschichte zu erklären, stoße aber schon da an meine Grenzen. Zeige ihr, dass jetzt die Grenzen auf sind und wir in den Westen fahren können. Das hat sie schon mal begriffen, freut sich und will gleich los. Sie will auch in den Westen, so wie die meisten Menschen. Sie kennt den Intershop, wo es so lecker riecht, wo es Kaugummis gibt und viele schöne Sachen. Sie kennt ihre Uroma, die einmal im Jahr zu Besuch kommt und Geld für den Intershop da lässt. Ist mir völlig klar, dass auch sie diese Welt jetzt sehen möchte. Ich zeige ihr, dass wir später, irgendwann hinfahren, jetzt ist überall die Hölle los. Menschen über Menschen, da habe ich keinen Bock drauf. Etwas geknickt, aber einsichtig ist sie mit meinen Ausführungen zufrieden und will endlich Abendbrot essen. Mein Mann und ich, wir haben keinen Hunger, sind innerlich viel zu aufgewühlt. Am laufenden Band klingelt das Telefon, alle wollen uns die Nachricht mitteilen und wir kommen nicht zur Ruhe. Bis spät in die Nacht quatschen und philosophieren wir über die jüngsten Ereignisse und was die Zukunft vielleicht bringt.

Mit der Grenzöffnung und der Wende ist viel Neues auf uns
eingeprasselt. Keiner weiß so recht wie es weiter geht. Bleibt
unsere Firma bestehen, bleibt die Gehörlosenschule oder geht
alles den Bach runter? Keiner kann uns was Genaues sagen, selbst
die Chefs wissen nichts. Aufruhr und Hilflosigkeit unter den
Mitarbeitern, alle haben Angst und sind frustriert. Werden wir
jetzt alle arbeitslos? Können wir unsere Wohnung noch bezahlen?
Müssen wir die Kosten für Monis Schule selbst tragen? Wir haben
keine Ahnung wie das neue System funktioniert. Wie so oft tröstet
mein Mann mich und meint „es wird schon irgendwie weiter
gehen". Ja irgendwie wird es schon gehen, er hat Recht, aber wie?
Wie geht es mit Moni weiter, was wird es an der Schule alles
Neues geben? Auch dort konnte uns bisher keiner etwas sagen,
die sind selbst alle mit der neuen Situation überfordert.

Moni hat uns überredet, nun endlich in den Westen zu fahren. Alle
ihre Kumpels waren schon dort zum Shoppen und haben von der
tollen bunten Welt berichtet, nur sie nicht. Der gute Papa kann ja
nicht nein sagen, also sind wir auf dem Weg in den ach so
goldenen Westen. Ob da wirklich alles so goldig ist? Gerade die
verwaiste Grenze passiert, Schilder überall Schilder,
Werbeplakate und wirklich, alles schön bunt. Selbst die Häuser,
viel hübscher als bei uns, aber auch jedes zweite Haus mit Asbest
verkleidet. Dachte immer so was gibt es nur bei uns. Aber nein,
hier gibt es anscheinend massenhaft davon. Jetzt verstehe ich
warum meine Oma und Tante, natürlich aus dem Westen, immer
von dem grauem Osten gesprochen haben. Bei uns sind die

Häuser wirklich eher grau als farbig. Diese viele Werbung an den Wänden kennen wir auch nicht, das macht mich nervös und fühlt sich erdrückend an.

Moni will gleich in den ersten Laden rein, aber wir müssen noch zur Post Geld abholen, das geliebte Begrüßungsgeld. Hier ist kaum ein Durchkommen, Menschen über Menschen. Moni fühlt sich in dem Gewühl nicht wohl und klammert sich an meinen Arm. Das ist ihr alles unheimlich, ehrlich gesagt, mir auch. Das Anstehen stört mich nicht, das kennen wir wenn es bei uns Bananen gibt zur Genüge. Aber diese Massen an Menschen, einfach furchtbar. Sie drängeln und schubsen was das Zeug hält. Einer schlimmer als der Andere. Manche muffeln nach Schweiß und andere voll gedieselt mit Parfüm.

Wir kriegen die ersten 100 D-Mark in die Hand gedrückt, ein wirklich komisches Gefühl. Ich komme mir wie ein Arbeitsloser, der sein monatliches Auskommen abholt. Bisher haben wir D-Mark immer schwarz getauscht, meistens im Verhältnis 1:6. Neuerdings wollten die Leute aber schon 1:10 tauschen. Das war uns zu viel, nur für ein bisschen Zahncreme und Kaugummis. Der Mann hinterm Schalter guckt Moni durch seine kleine goldene Nickelbrille an und hält ihr eine Schale mit Bonbons unter die Nase. Sie guckt weg, ignoriert ihn, will kein Blickkontakt und quetscht mir fasst den Arm dabei ab. Ich zeige ihr, dass sie sich ein Bonbon nehmen darf. Sie winkt ab, will nichts von Fremden. So was kennt sie nicht, dass man im Geschäft Süßigkeiten geschenkt bekommt. Wenn sie nicht will, dann will sie eben nicht.

Bei einer Scheibe Wurst hätte sie bestimmt zugelangt, das ist ihr lieber als irgendwelchen Süßigkeiten.

Je voller der Schalterraum wird, um so lauter wird es auch. Wir sehen zu dass wir Land gewinnen und drängeln uns, Moni noch immer an meinen Arm klebend, durch die Massen nach draußen. Nicht nur dass das Durchkommen ein Akt ist, auch der Geruch in diesem Schalterraum wirkt immer perverser. Moni hat Angst vor den vielen Menschen, so viel Trubel, alle drängeln und schubsen, kommen nicht schnell genug an ihr Geld. Obwohl sie sonst den Trubel mag, aber das hier wird ihr doch zu viel. Selbst die Straßen sind überfüllt, alles voller neugieriger Leute. Überall liegen Bananenschalen und massenhaft Bonbon- und Schokoladenpapier herum, dabei gibt es genügend Papierkörbe, an jeder Ecke. Ich finde es beschämend und peinlich, so etwas gehört sich nicht. Geradewegs steuern wir um die Ecke ins Kaufhaus, das erste Mal in so einem großen Kaufhaus. Ich komme aus dem Staunen nicht mehr raus. Hier stehen bestimmt an die 60 Leute und parfümieren sich ein. Es riecht nicht mehr angenehm, es stinkt regelrecht und schnürt mir den Atem ab. Die halbe Etage nur Parfüm, alle Preisklassen. Auf der anderen Seite Schmuck, alles was man sich vorstellen kann. Eine Kette hübscher als die Andere. Uhren, Ohrringe und alles was einen menschlichen Körper nur schmücken kann. Moni noch immer im Schlepptau, damit sie mir nicht verloren geht bei den Massen, reißt mir fast den Arm ab. Ich weiß nicht was ich hier kaufen soll, weiß gar nicht wo ich zuerst hingucken soll, wir haben doch alles. Bisher hat bei uns keiner gehungert, wir hatten immer genug zu Essen, zum

Anziehen, also, was kaufen. Auch die Rolltreppe ist eine neue Erfahrung und macht selbst mir Spaß. Moni will gleich noch mal fahren und nochmal. Sie findet es aufregend, spannend und kennt natürlich kein Ende.

Die Spielzeugabteilung, habe ich doch geahnt! Die ganze Etage nur Spielzeug, eine ganze Kaufhausetage voll. Alles was man sich denken kann. Moni ist hin und weg, fasst alles vorsichtig an, begutachtet es von allen Seiten und stellt es dann ordnungsgemäß, gut erzogen wie sie ist, zurück ins Regal. Aber nur, weil sie schon wieder was Neues entdeckt hat. Sie macht sich in der Puppenabteilung breit. Schiebt ein Puppenwagen nach dem anderen vor und wieder ganz vorsichtig zurück und will logischerweise einen haben. Sie bettelt was das Zeug hält, dazu noch die Puppe, den Teddy und und und. Ich kann nicht mehr denken, mir ist das alles zu viel und zu nervig. Moni wird bald ihren ersten Freund haben, was will sie jetzt mit 11 Jahren noch mit einem Puppenwagen? Puppen hat sie zu Hause genug, da braucht sie keine. Natürlich sieht alles süß aus und verleitet, aber ich streike. Nein, es gibt keinen Puppenwagen. Oh, jetzt bin ich eine ganz böse Mama. Klar dass sie es bei Papa versucht. Ich diskutiere mit ihm und kriege ihn glücklicherweise, was sehr selten ist, überzeugt, keinen Puppenwagen zu kaufen. Wäre das alles fünf Jahre eher passiert, klar, dann hätte sie den größten und schönsten Puppenwagen bekommen, aber jetzt in dem Alter nicht mehr, auch wenn es mir leid tut. Ihre Kinnlade fällt herunter, versteht aber zum Glück, dass bei mir jegliche Diskussionen sinnlos sind. Sie tapst, innerlich kochend, mit gesenktem Kopf weiter, die schönen bunten Regale entlang. Ich kann all das gar nicht so schnell aufnehmen, es erschlägt mich förmlich. Endlich, Moni hat Klamotten für ihre Babypuppe und einen kleinen Arztkoffer gefunden. Zögernd fragt sie mich, ob sie das denn kaufen darf. Klar, das wird jetzt gekauft und die gute Seele hat Ruhe. Ich habe keinen Bock mehr auf die anderen Etagen, bin fußlahm und total überfordert von all dem, oft sinnlosen, Zeug. Außerdem läuft das alles nicht weg und wir können jederzeit wieder herkommen.

Obwohl wir nichts weiter gekauft haben, sind mit dem Geld abholen, vier Stunden ins Land gezogen. Draußen ist es schon dunkel und die Obdachlosen machen in den dunklen Ecken ihre Nachtquartiere fertig. Pappe, Zeitungen und sonst etwas wird auf dem Gehweg gelegt und da schlafen sie dann. Ihr einziges Hab und Gut sind ein Plastikbeutel und ein Stück Decke. Genau wie es im Fernsehen gezeigt wird. Es macht mich traurig, so viel Elend zu sehen und fünf Schritte weiter ist diese prachtvolle Welt, wo sich die Leute benehmen als würden sie verhungern. Ich darf gar nicht daran denken wie es mit Moni weiter geht. Ob sie auch mal so landet oder ob sie immer genug Geld hat, damit sie nicht auf der Straße leben muss? Sie stupst mich an, will wissen warum die Menschen bei der Kälte draußen liegen. Ich zeige ihr, sie soll bis nach Hause warten und dass es nicht mit fünf Gebärden zu erklären ist. Sie ist einverstanden, drückt mit der einen Hand ihre neuen Spielsachen ganz fest an ihren kleinen Bauch und mit der anderen krallt sie sich wieder an meinen Arm. Oh mein Kind, für nichts auf der Welt werde ich zulassen, dass dir so etwas passiert, nicht so lange ich lebe.

Die Geschäfte sind noch immer hell erleuchtet, es blitzt und blinkt. Menschen über Menschen wohin man schaut. Hier stürmen gerade Hunderte den Obststand. So viel Obst und Gemüse auf einen Haufen, ich kann es nicht glauben. Die Hälfte davon habe ich noch nie gesehen, ich kann mir nicht vorstellen dass das alles schmecken und gesund sein soll. Auf dem Schild steht Kiwi, ich kenne Kiwi nur als Vogel aus Neuseeland. Für mich sieht das eher wie eine Kartoffel aus. Mein Mann kauft trotzdem welche und natürlich Bananen, bestimmt fünf Kilo. Moni freut sich. Bananen, die man plötzlich einfach so am Strassenrand kaufen kann, ohne sich lange anstellen zu müssen, das macht natürlich Spaß. Es ist schon schön diese Glitzerwelt mal zu sehen, aber braucht man das alles? Ich nicht! Moni hat den Inhalt von ihrem Arztkoffer auf der Rückbank im Auto verteilt, verarztet sich selbst und ist bestimmt bis nach Hause damit beschäftigt. Hat sie doch noch ein tolles Spielzeug ergattert und garantiert werde ich ihr ständiger Patient sein, was nicht weiter schlimm ist. Bestimmt wird der kleine Boris daran glauben müssen, ich sehe es schon vor mir. Der arme Hund bekommt ein Gipsbein, wird durch die Gegend humpeln und die Welt nicht verstehen.

Heute müssen wir zur kurzfristig einberufenen Elternversammlung. Hoffentlich sagt man uns endlich wie es an der Schule weiter geht. Viele Eltern sind aufgebracht und diskutieren auf dem Schulhof. Manche kriegen sich nicht mehr ein, werden immer lauter und brüllen regelrecht herum. Alle wollen wissen was jetzt passiert. Bleibt die Schule bestehen? Können die Kinder hier bleiben oder werden sie auf andere Einrichtungen aufgeteilt? Es gibt tausend offene Fragen, deren Antworten auch uns brennend interessieren. Diese Ungewissheit, diese vielen neuen Dinge, die auf uns einprasseln, ob hier in der Schule, zu Hause oder auf Arbeit, sie machen uns knülle. Teilweise sogar ratlos. Unwissenheit schützt bekanntlich nicht vor Strafe, also müssen wir diese neue Welt studieren. Uns jeden Tag auf ein Neues mit diesen vielen Regeln, Rechte und Pflichten auseinandersetzen.

Wir treffen uns mit anderen Eltern in der Aula und der Schuldirektor begrüßt die Menge. Er schreit mit allen Kräften durch das Mikro, um die aufgebrachte Masse zum Schweigen zu bewegen. Geschafft, endlich kehrt Ruhe ein und er fährt mit seinen Ausführungen fort.

Die Kinder der fünften Klassen, somit auch Moni, sollen alle ein Jahr zurückversetzt werden, damit sie Englisch nachholen und so den Realschulabschluss bekommen können. Jetzt gibt es Haupt - und Realschulabschluss, wieder alles neu für uns. Dann würde Moni quasi elf Jahre zur Schule gehen. So ein Schwachsinn, was sollen die Gehörlosen mit Englisch, sie können nicht mal Deutsch sprechen. Die Eltern diskutieren und schreien lauthals durch die Aula, der Direktor kommt nicht mehr zu Wort. Meine Maus, noch ein Jahr länger zur Schule, das halte ich nicht aus, ich will das nicht! Die Kinder sitzen da und verstehen, trotz Dolmetscher, nicht, worum es eigentlich geht.

Draußen auf dem Parkplatz gehen die Diskussionen weiter. Die Leute sind noch aufgebrachter als sie vorher schon waren. Mit so etwas hat keiner von uns gerechnet. Aber schon mal gut zu wissen, dass unsere Kinder hier weiter zur Schule gehen dürfen.

In aller Ruhe versuche ich Moni, das was bei der Elternversammlung besprochen wurde, zu erklären. Ich glaube dass sie alles verstanden hat. Sie überlegt, zeigt mir dann den „Vogel" und meint, dass sie nicht noch mal die gleiche Klasse machen will. Genauso sehen wir das auch und entscheiden uns gegen diesen dämlichen Englischunterricht. Im Polen-Urlaub haben wir erlebt, dass man sich auch ohne Worte verständigen kann, warum also Englisch lernen? Sie soll ihre zehn Klassen absolvieren, hat dann zwar nur den Hauptschulabschluss, aber danach sehen wir weiter. Bestimmt gibt es später genug Möglichkeiten, den Stoff für den Realschulabschluss zu machen. Vielleicht Englisch in einer Abendschule oder so etwas. Außerdem wissen wir noch gar nicht, ob sie überhaupt ein Beruf lernen kann. Gibt es für Gehörlose überhaupt so eine Möglichkeit? Wir haben keine Ahnung, jetzt ist doch eine ganz andere Situation und vieles ist anders als wir es bisher kannten.

Völlig außer sich kommt Moni endlich die Treppe hoch gepoltert. Der Bus hatte wie so oft Verspätung. Sie schmeißt ihre Tasche im

Flur ab und gebärdet was das Zeug hält. Wie keine Schule? Ich verstehe nichts. Sie hantiert so schnell und aufgeregt mit ihren Händen herum, ich kann kaum noch folgen. Verstehe immer wieder was von keine Schule mehr ist. Sie wühlt ihre Tasche durch und gibt mir das Mutti-Heft zum Lesen. Jetzt verstehe ich was sie mir sagen will. Ab sofort ist Samstags keine Schule mehr, die Kinder kommen schon Freitags nach Hause. Wow, mal eine ganz tolle Nachricht, das ist ja super. Ab sofort haben wir das ganze Wochenende für uns, zwei volle Tage und können was unternehmen. Ich erkläre ihr wie das gemeint ist. Sie fängt erneut an zu diskutieren, dachte wirklich, dass jetzt Schluss mit der Schule ist. Nein, nein, es geht weiter, aber kein Unterricht mehr am Samstag. Endlich, sie hat es verstanden, freut sich und kramt so gleich ihre Schulsachen heraus, um mir die neuesten Zensuren zu zeigen. Wie immer, nur Einsen und Zweien. So ein fleißiges Bienchen unsere Maus, sie bringt so gute Zensuren mit. Wehe wenn sie mal eine Drei hat, dann ist sie auf sich selbst sauer und paukt noch mehr als bisher. So war ich nie, also hat sie das mit Sicherheit nicht von mir geerbt. Ich habe erst angefangen zu lernen, wenn ich im Klassenbuch schon auf Drei oder schlimmer stand. Habe mit aller Macht gelernt bis zur Zwei, dann konnte ich mich wieder ausruhen und hatte tausend andere Sachen im Kopf. Ich freue mich riesig, hat uns die Wende doch was Gutes gebracht. Mein Kind ist ein Tag länger in der Woche zu Hause, ich kann es noch gar nicht fassen. Ich erkläre ihr, dass sie alles wieder einpacken soll. Heute gibt es kein Mittag, weil wir gleich zum Hafenfest fahren. Da ist sie dabei, „flinke Hufe" hat sie die Schuhe wieder an und rennt schon die Treppe runter.

Wir bummeln über die Festmeile, essen hier gebackene Pilze, da gefüllte Crepes und mein Mann Spanferkel. Ich platze gleich, aber das ist alles so lecker und wir hauen uns die Wampe voll. Die Bekannten haben leider kurzfristig abgesagt, der Sohn liegt mit Fieber im Bett. Moni ist sichtlich traurig, sie hatte sich so auf die beiden Kinder gefreut. Mit Zuckerwatte ist ihr Lächeln aber schnell wieder zurück und schon ist sie abgelenkt. Imbissstände, Los- und Schießbuden, gebrannte Mandeln, Obst und Gemüsestände und Souveniers - aus jeder Bude scheppert andere Musik. Menschen über Menschen schlängeln sich durch die Reihen. Komme mir vor wie im Traum, so etwas kannte ich bisher nicht, nicht in diesem Ausmaß. Kleine Feste mit kleinem Riesenrad und Karussell gab es schon, aber das hier übertrifft alles was ich bisher gesehen habe.

Moni zerrt mit ihren, von Zuckerwatte noch immer klebrigen Händen, an meinem Arm. Sie will in das große Karussell, wo man kopfüber hängt, keine Ahnung wie das heißt. Oh, nein, da kann ich gar nicht hingucken, schrecklich, nicht mit mir. Moni bettelt und bettelt, bis mein Mann ihr Geld in die Hand drückt und sie happy ist. Jaja, der Papa macht das schon. Mit einer Hand voll Kleingeld stolziert sie los und schwups sitzt sie auch schon drin. Hantiert mit ihren immer noch klebrigen Händen und zeigt mir, dass ich Fotos machen soll. Ich erkläre ihr alles gut und wünsche ihr viel Spaß. Na sie hat ihren Spaß, ich dagegen nicht. Das Ding fährt los, rattert und knattert an allen Ecken. Die Seitenträger wackeln dermaßen, als würden sie jeden Moment abfallen. Ich kann nicht hinsehen! Mir läuft es eiskalt über den Rücken. Mein Kind sitzt da drin, in diesem wackligen, wahrscheinlich schon uralten Fahrgeschäft. Je länger ich auf diese Träger gucke, um so mehr glaube ich, wackeln die. Ich kriege Schweißausbrüche. Wie lange fährt so ein Monster? Jetzt hängt die Gondel ganz oben, die Leute kreischend mit den Köpfen nach unten. Moni in der ersten Reihe, hantiert noch immer mit ihren Händen und grinst frech. Ich höre sie rufen und sie gebärdet was das Zeug hält. Ich guck nicht mehr hin, mir wird schwindelig. Ich hoffe nur, dass sich keiner übergeben muss und mir alles über den Kopf rieselt. Schon der Gedanke reicht, nur nicht hochgucken, igitt. Ich kann kein Foto machen, es geht einfach nicht, behalte nur diese wackligen Seitenträger im Auge. Mein Mann natürlich ganz locker wie immer, schießt ein Foto nach dem anderen und freut sich, dass Moni ihren Spaß hat.

Endlich, das Ding wird langsamer und fährt runter. War klar, Moni fand es geil und will gleich nochmal. Ich zeige ihr, dass wir jetzt weiter bummeln, die Hände waschen und die nächste Attraktion nehmen können. Ganz einverstanden ist sie anfangs nicht, guckt mich böse von der Seite an, aber schon sieht sie was Neues und weiter geht es. Mein Mann kauft noch Orangen und ein paar Kiwis am Obststand. Obwohl ich anfangs dachte es wären Kartoffeln, schmecken die Dinger wirklich lecker.

Jetzt knallt und rummst es über unseren Köpfen. Plötzlich ein riesiges Spektakel am Himmel. Ein Feuerwerk vom Allerfeinsten, wusste gar nicht dass es so etwas Prachtvolles gibt. Immer wieder neue Formationen und sogar Goldregen, der auf die Seebrücke prasselt. Was für ein Schauspiel! So was haben wir noch nie gesehen, es ist traumhaft. Moni zappelt und kreischt vor Freude, kriegt sich nicht mehr ein. Ich habe zu tun sie fest zu halten, damit sie nicht in das Hafenbecken fällt. Hier ist nichts abgesperrt oder gesichert und im Dunklen schon ziemlich beängstigend.

Noch immer liegt Moni im Bett, sie wollte eigentlich noch was für die Schule kaufen. Wir waren gestern erst 23 Uhr vom Hafenfest zurück und haben es nicht mehr geschafft. Bis sie dann im Bett lag, war es schon um Mitternacht. Ich nerve sie, zeige ihr, dass die Kaufhalle nicht auf sie wartet, denn sie schließt bald. Sie mit ihrer Ruhe, die wohl einzigartig ist, zeigt mir, mach dir keine Sorgen. Typisch, nur kein Stress, alles in Ruhe. Ich wurschtle in der Küche herum, heute gibt es Schweinebraten mit Blumenkohl. Endlich, sie hat sich aufgerafft und es geht nicht schnell genug. Ohne Frühstück flitzt sie los, kommt aber noch zweimal zurück, weil sie, wie immer, was vergessen hat. So geht das ständig, kaum aus der Tür, ist sie wieder da. Das hat sie bestimmt von ihrem Opa geerbt, der macht das genau so.
Es klingelt an der Tür, es klingelt Sturm und hört gar nicht mehr auf. Was ist denn da los? Die Tochter unserer Untermieter schreit mich an, ist ganz aufgelöst, ich soll sofort mitkommen. Sie ist so aufgeregt, überschlägt sich beim Sprechen, ich kann kaum folgen. Sie meint, Moni wäre in der Kaufhalle umgekippt, ich soll sofort kommen. Wie umgekippt, sie ist doch eben erst los, was ist

passiert? Geistesgegenwärtig und halb ohnmächtig nehme ich den Braten vom Herd und schalte alles ab. Wie eine Besengte renne ich zur Kaufhalle, nur mit Hausschuhen, egal, sind nur drei Gehminuten. Ich glaube es nicht, da liegt sie wirklich, auf dem Boden. Mein Kind, mitten in der Kaufhalle, nicht mehr ansprechbar. Die Leute schieben mit ihren Einkaufswagen dicht an ihr vorbei, nehmen kaum Notiz davon, dass da ein Kind liegt. Ein Mitarbeiter hat wenigstens schon mal eine Decke organisiert und meint, dass der Notarzt unterwegs ist. Ich raffe nichts mehr, mein Kind, was ist nur los, was ist passiert? Eben noch zu Hause im Bett alles in Ordnung und jetzt liegt sie hier auf dem Fußboden, mitten im Einkaufstrubel und ist nicht ansprechbar. Irgendwas schnürt mir gerade die Kehle zu. Kann kaum atmen, mir wird schlecht und schwindelig, als würde die Achterbahn wieder ihre Runden drehen. Der Notarzt ist da, endlich Rettung, ich bin etwas erleichtert. Sie bringen Moni in ein Lager und legen sie auf eine Trage. Die „Weißkittel" messen ihren Blutdruck und legen gleichzeitig einen Tropf an. Sie kommt zu sich - bin ich froh! Sie guckt mich an, versteht nicht warum so viel Trubel um sie herum ist. Sie fragt mich, warum der Arzt hier ist und schon ist sie wieder ohnmächtig. Der Doc meint, dass sie ein Kreislaufproblem hat und deshalb wahrscheinlich umgekippt ist, was nicht weiter schlimm wäre. Es gibt nur ein Problem, sie hat eine riesige Beule am Hinterkopf. Wahrscheinlich ist sie mit dem Kopf an den Cola-Automaten geknallt und das muss unbedingt geröntgt werden. Ich höre schon Tatütata, der Krankenwagen kommt. Meine Maus, was hat sie nur gemacht, wie konnte das passieren? Noch nie hatte sie Kreislaufprobleme oder so was. Die Beule am Hinterkopf wird immer dicker, ich kann es richtig beobachten. Der Arzt entscheidet, Moni muss sofort in die Klinik, mit Blaulicht und Sirene. Wenn die Beule noch größer wird, könnte es gefährlich werden. Ich streichle ihre Hand. Sie ist wieder wach, aber völlig durch den Wind. Sie versteht noch immer nicht, was passiert ist, zeigt mir aber, dass sie weiter schlafen will und ich gehen soll. Sie denkt wohl, dass sie zu Hause im Bett liegt und alles nur träumt, sie will einfach weiter träumen. Meine Maus, jetzt geht es ab mit Tatütata, nicht mal das kriegt sie mit. Noch immer unter Schock, total verheult und taumelnd gehe ich nach Hause. Mittag fällt sowieso aus, ich kriege nichts runter.

Mein Mann kommt, sieht mir an, dass mal wieder was nicht stimmt. Ich kriege kein Wort raus, bin nur am heulen.

Genauso geschockt wie ich, hat er auch kein Appetit und will nichts essen. Immer wieder fragen wir uns, wie so was passieren konnte. Ich hoffe nur, dass es nichts Schlimmes ist, noch so ein Ärztemarathon wie damals, als sie noch ganz klein war, würde ich nicht durchstehen.

Zur Beobachtung musste Moni fünf Tage in der Klinik bleiben. Außer eine Gehirnerschütterung hat man glücklicherweise nichts festgestellt. Die Beule am Kopf ist am nächsten Tag zurückgegangen, denn es war nur eine Prellung. Die Ärzte meinten, es war wirklich ein Kreislaufkollaps. Nach kurzem Überlegen fällt mir ein, dass sie erst ewig im Bett lag, dann aufgesprungen und ohne zu frühstücken in die Kaufhalle gehetzt ist. Draußen ziemlich warm und in der Halle die schlechte Luft. All das könnte der Grund gewesen sein. Wieder zu Hause erkläre ich Moni ganz in Ruhe, was passiert ist. Klar, sie weiß von nichts, dachte die ganze Zeit, dass sie alles geträumt hat. Diesmal hat sie mich verstanden, findet das ganze nicht tragisch, eher lustig. Jetzt kann sie ihren gehörlosen Kumpels nämlich erzählen, dass sie mit Blaulicht gefahren ist. Das findet sie cool und ihre Kumpels bestimmt auch. Meine Maus, so was darf nicht noch mal passieren! Sie verspricht mir, ab sofort immer zu frühstücken, bevor sie aus dem Haus geht und weniger zu bummeln. Ich hoffe, dass sie das endlich mal hinkriegt.

Moni nervt schon den ganzen Tag, sie will unbedingt eine Katze haben. Eigentlich war das Thema Haustier längst vom Tisch. Schwiegereltern haben sich ihretwegen schon einen Hund geholt. Jetzt geht das Theater von vorne los. Zugegeben, Schuld bin ich selbst, hatte ihr doch von meiner Arbeitskollegin erzählt. Die hat schon lange eine Katze und die bleibt auch mal zwei oder drei Tage alleine. Hätte ich ihr das bloß nicht erzählt, jetzt ist es zu spät. Ich lasse nicht mit mir reden, es gibt kein Tier und fertig. Zickig verbarrikadiert sie sich, wie so oft, in ihrem Zimmer, will nicht weiter mit mir reden und schaltet auf stur. Ich lasse sie, bringt jetzt eh nichts mit ihr zu reden. Meinem Mann tut es wieder mal leid. Er spricht mit ihr, was auch immer, ich will es gar nicht wissen. Nach zehn Minuten taucht sie plötzlich in der Küche auf, freudestrahlend und frech grinsend. Sie zeigt mir, Papa hat es erlaubt, sie darf sich eine Katze holen. Mir stehen gleich die Haare zu Berge, ich glaube es nicht. Hinter meinem Rücken. So was muss doch in der Familie abgesprochen werden und eigentlich waren wir uns einig. Sind andere Männer auch so und erlauben ihren Kindern alles? Mein Mann kann nie nein sagen oder ihr was abschlagen, immer endet so etwas in heißen Diskussionen und ich stehe wie blöd da.

Mein Schwager kommt zum Kaffee. Er hat heute frei und Moni nimmt ihn gleich in Beschlag. Ich verziehe mich, bin immer noch sauer auf meinen Mann und habe kein Bock mehr auf Diskussionen. Wie kann er hinter meinem Rücken so was entscheiden? Moni und mein Schwager wurschteln im Flur herum, verstehen sich blind und ich muss nichts dolmetschen. Sie tuscheln und gackern, was auch immer. Mit voller Wucht knallt plötzlich die Wohnungstür ins Schloss und dann ist Stille. Na toll, jetzt stehe ich wieder nichts ahnend da, die Kaffeekanne in der Hand und nun? Bestimmt kommen die gleich wieder, sonst hätten sie doch Bescheid gesagt. Was ist heute bloß los hier?

Endlich, wenigstens kommt mein Mann zurück und wir trinken in Ruhe unser Käffchen. Natürlich stillschweigend, denn ich bin ja noch stinke sauer. Frage ihn, ob er weiß wo die beiden hin sind. Er weiß von nichts. Er war kurz zur Arbeit seinen Kontrollgang machen und hat nichts mitbekommen. Zur Zeit macht mein Mann Objektüberwachung, muss zweimal am Tag im Hotel kontrollieren, ob alles in Ordnung ist. Die ganzen Hotels sind inzwischen geschlossen und die Mitarbeiter entlassen. Es ist schon komisch das erste mal im Leben arbeitslos zu sein, so etwas kannten wir bisher nicht. Wir Frauen treffen uns einmal die Woche zum Karten spielen, damit wir wenigstens in Kontakt bleiben, uns austauschen können und nicht verblöden. Mein Mann erzählt mir, dass er von unserer alten Firma zwei Räume günstig gemietet hat, vielleicht brauchen wir die noch. Ich werde verrückt, was soll das denn, wozu brauchen wir Mieträume? Habe mich noch nicht ganz von dem morgendlichen Schock erholt und jetzt kommt schon das Nächste. Wir wissen doch gar nicht wie es weiter geht? Reicht unser Geld bis zum Monatsende? Aber er mietet einfach irgendwelche Räume an. Ich könnte heulen vor Wut, dieser Tag ist wie verflucht, immer wieder neuer Stress. Er redet auf mich ein, das typische „wir kriegen das schon hin" höre ich schon nicht mehr, es nervt nur noch.

Die beiden Ausreißer kommen zurück. Es poltert und klappert im Flur. Ich gucke um die Ecke und verfalle gleich in die nächste Schockstarre. Was schleppen die alles rein, was ist das, was soll das? Das ist doch ein Katzenklo, massenhaft Dosen mit Katzenfutter und Spielzeug. Ich schlage lang hin, das gibt es ja wohl nicht! Mein Schwager hält ein Katzenkorb in der Hand, natürlich nicht leer und grinst frech, genauso wie Moni. Beide stehen vor mir, kriegen sich vor lachen nicht mehr ein und zeigen, ich soll Platz machen und bloß nichts anfassen. Ich drehe noch durch, ich packe gleich meine Koffer. Hier macht neuerdings jeder was er will, ob mich auch mal einer fragt. Ich habe im Moment gerade keinen Nerv für so etwas. Außerdem hat Moni heute früh erst die Erlaubnis bekommen. Wie hat sie das so schnell organisiert? Ich raffe es einfach nicht.

Langsam verstehe ich, warum mein Schwager überhaupt gekommen ist. Moni war nach dem Frühstück kurz bei Oma was abgeben, da hat sie wohl alles mit ihrem Onkel ab gequatscht. Bestimmt haben sie die Katze von Schwiegermutters Nachbarn geholt. Die arbeiten beide im Tierheim, haben ständig Katzen, Vögel und Hunde in ihrer Wohnung, die sie auf der Straße auflesen, aufpäppeln und dann ins Tierheim mitnehmen. So riecht es auch in deren Wohnung und im ganzen Hausflur.

Mein Schwager bestätigt meine Vermutung. Er stellt das Katzenkörbchen in den Flur, macht die kleine Tür auf und eine winzige, ganz süße Mieze, mit weißer Stupsnase, guckt um die Ecke. Noch etwas scheu und ängstlich klettert sie vorsichtig raus, rennt geradewegs in die Küche zum Katzenklo. Wow, das gibt es nicht, woher weiß die Katze dass ihr Klo da steht? Sie setzt sich rein, macht ihr Geschäft, kratzt alles zu, schüttelt ihre kleinen Pfoten ab und tapst vorsichtig an uns vorbei ins Wohnzimmer, als würde sie sich längst hier auskennen. Sie beschnuppert jedes Teil was im Weg steht. Sobald ein Geräusch zu hören ist, schreckt sie zusammen. Ich kann nicht mehr sauer sein, meine Stimmung wandelt sich innerhalb von Sekunden ins Positive. Das ist so ein süßes Kätzchen, ich glaube ich bin verliebt, jedenfalls wird mir ums Herz ganz warm. Mein Schwager erzählt, dass sie morgen ins Tierheim abgeschoben werden sollte und Moni sie davor gerettet hat. Sie erklärt mir, dass es ein Mann ist, also ein Kater. Sie ist so glücklich, strahlt übers ganze Gesicht. Endlich hat sie ein eigenes Haustier. Einen so süßen kleinen Kater und einen Spielgefährten für die nächsten Jahre. Das Tollste und Wichtigste - sie hat alles selbst organisiert und hat wirklich Grund auf sich selbst stolz zu sein. Ich bin natürlich, wie so oft, auch stolz auf unsere Maus und freue mich über so viel Organisationstalent. So langsam kommen wir von unserer Euphorie runter und ich frage sie, wie der Kater denn heißen soll? Sie zuckt mit den Schultern, zeigt mir: „er soll Kater heißen". Na ja ist zwar auch ein schöner Name, aber so werden doch alle männlichen Kater tituliert. Besser ist wenn er einen eigenen Namen bekommt, so wie wir Menschen. Es muss aber ein Name sein, den Moni gut aussprechen kann und den der Kater schnell versteht. Schließlich ist er ihr Weggefährte und nicht meiner. Also starten heiße Diskussionen, aber alles klingt dumpf und undeutlich, wenn Moni es ausspricht. Das versteht der Kater nie. Ich zeige ihr, dass uns in den nächsten Tagen bestimmt was einfällt und wir weiter überlegen.

Plötzlich kommt sie in die Küche gehetzt, zeigt mir „da Alf". Im Fernsehen läuft nämlich gerade die Serie „Alf". Genau, so kann doch der Kater heißen. Sie kann es richtig gut aussprechen und ich erkläre es ihr. Sie übt, noch mal und noch mal. Super, das wird der Kater bald verstehen und ab sofort heißt das hübsche Tierchen „Alf". Ich hoffe nur, dass er nicht so viel Unsinn macht wie das Original, dann muss er doch in ein Tierheim. Am Wochenende kann Moni für ihn sorgen und mit ihm spielen, ist ja ihr Haustier. In der Woche habe ich ihn an der „Backe", aber ich werde ihm zeigen was er darf und was nicht und wer hier der Chef ist. Wenn er das überhaupt begreift. Katzen sind doch nicht so gelehrig wie Hunde, habe ich jedenfalls mal gehört.

Seit letzter Woche arbeite ich wieder. Endlich, diese Arbeitslosigkeit hat mich mehr geschafft als ich dachte. Die Tage vergingen nicht, immer nur putzen, es war schrecklich und belastend. Die letzten Tage allerdings, hatte ich mit Kater Alf zu tun. Wollte ihm ein paar Erziehungsmaßnahmen beibringen, was sich allerdings, wie schon geahnt, als sehr schwierig rausgestellt hatte. Irgendwann hatte ich es dann aufgegeben und ihm ein Wollknäuel auf den Boden geschmissen. Damit hatte er seinen Spaß und abends, nicht nur das Wohnzimmer, sondern alle Zimmer, sahen aus wie gestrickt.

Jetzt sitze ich in den Räumen, die mein Mann, frech und ohne mein Wissen, angemietet hat. Ein hiesiges Reisebüro hat hier eine Zweigstelle eingerichtet und ich teile mir den Job mit einer ehemaligen Arbeitskollegin von meinem Mann. Mochte sie zwar nie und hatte mich anfangs gesträubt mit ihr zu arbeiten, aber so kann man sich in Menschen täuschen. Es macht Spaß und wir sind auf einer Wellenlänge. Studieren täglich die vielen Reisekataloge und Angebote, hatten beide bisher nichts damit zu tun, also null Ahnung und müssen uns erst mal durchwurschteln. Mein Mann fängt nächste Woche mit Arbeit an, er hat in einem der bereits verkauften Hotels einen Job bekommen. Es geht wieder bergauf, beide haben wir eine Aufgabe und gehen uns nicht weiter auf den „Sender". Die Tage sind ausgefüllt und ich habe etwas Abwechslung in meinem Alltag, muss nicht ständig an mein Kind denken und kann neue Kraft schöpfen.

Gerade von der Schule gekommen, kurz ihren Alf begrüßt, schnell was gegessen und schon muss Moni los. Heute ist in der hiesigen Schule Stellprobe für die Jugendweihe. In der Gehörlosenschule wird so etwas leider nicht veranstaltet. Das müssen die Eltern in ihren Heimatorten selbst organisieren, wenn die Kinder es möchten und Moni wollte es unbedingt. Eben alles anders bei uns, aber es war problemlos sie anzumelden. Ich bin etwas aufgeregt, Moni mal wieder nicht, die ist ganz locker und freut sich schon auf die vielen Umschläge, die sie hofft zu bekommen.

Mein Kind, tapfer und selbstbewusst wie immer, folgt sie den Anweisungen der Lehrerin. Keiner kriegt mit, dass sie gehörlos ist. Alles nimmt sie mit den Augen auf, hat schnell gerafft, wo sie lang gehen oder stehen bleiben muss. Der HNO-Arzt hatte damals erklärt, dass sich bei ihr ein viel breiteres Sehfeld entwickelt hat als bei Hörenden. Da ist was dran. Sie beobachtet wirklich alles ganz genau und intensiv. Erstaunlich was der menschliche Körper macht, wenn ein Sinnesorgan ausfällt. Er arbeitet wie ein Motor, wenn etwas nicht funktioniert übernehmen Andere die Aufgabe. Wie so oft bin ich stolze Mama und froh zugleich, muss nichts dolmetschen, nichts helfen, hätte ich auch gut zu Hause bleiben können. Obwohl ich doch dabei war, erzählt sie mir auf dem Heimweg alles ganz genau, was sie machen musste, wo und wie sie stehen sollte. Noch stolzer ist sie, dass sie das alles ohne Hilfe und allein hingekriegt hat. Ich bewundere meine Maus, so selbstbewusst und sicher in ihrem Auftreten und nie ängstlich, da kann ich mir echt eine Scheibe von abschneiden. Wir machen beide noch einen Abstecher in die Kaufhalle, wollen eine Packung

Dauerwelle kaufen. Sie wünscht sich zur Jugendweihe nämlich Locken. Das habe ich noch nie gemacht, aber unsere Nachbarin macht das immer bei ihrer Freundin und ich denke es ist nicht so schwer. Das wird schon klappen.

Hätte nie gedacht dass eine Dauerwelle zu machen, so mühsam ist. Ich stehe schon geschlagene 60 Minuten, drehe Moni´s ziemlich dicken Haare, Strähnchen für Strähnchen, auf ganz dünne Wickler. Sie wollte nicht zwei Stunden beim Friseur sitzen und meinte, „das kann Mama auch". Ja, klar, Mama kann alles, aber das hier ist eine echte Strafe, werde ich bestimmt kein zweites Mal machen.

Nach gefühlten drei Stunden, das Ergebnis - fatal. Das sind keine Locken. Moni sieht aus als wären die Haare total verfilzt, als hätte sie sich sechs Monate nicht gekämmt. Ich verstehe es nicht, das kann doch nicht sein? Auf was habe ich mich da bloß eingelassen! Nimm mir noch mal die Beschreibung zur Brust, aber alles richtig gemacht. Liegt das vielleicht an ihren dicken Haaren? Sicher gibt es dafür extra Dauerwelle, ich habe doch keine Ahnung. Da standen so viele verschiedene Packungen, natürlich haben wir die Günstigste genommen. Aber Dauerwelle ist doch Dauerwelle? Ich erkläre Moni, dass es nach dem Fönen mit einer Rundbürste bestimmt hübscher aussieht, jedenfalls hoffe ich es. Also, kurze Pause für uns beide, schnell Mittag essen und weiter geht es. Das müssen wir heute noch hinbekommen, morgen 10 Uhr ist die Jugendweihe.

Wieder eine Stunde an ihren Haaren rumgefummelt. Das mit der Rundbürste war genau so anstrengend, wie das Eindrehen. Gebracht hat es nicht viel, sie sieht immer noch furchtbar aus, wie ein ausgefranster Besen auf dem Kopf, meine ich. Sie schlendert vorm Spiegel auf und ab. Erklärt mir, dass es doch nicht schlecht aussieht und findet es ok so. Na, wenn es ihr gefällt, super, dann ist die Haaraktion eben beendet. Kann mir nur recht sein, morgen wird das Haus wieder voll und ich habe noch jede Menge zu tun. Kuchen backen, Mittag vorbereiten, nichts ist fertig, außer Moni´s Haare. Jetzt ist die Luft raus und ich platt, brauche erst einmal einen Kaffee und dann geht es weiter.

Wie erwachsen Moni schon ist, wo ist bloß die Zeit geblieben, einfach erschreckend. Bald ist sie eine Frau und immer noch die ganze Woche über weg. Aber es ist ein Ende abzusehen, ich kann es kaum erwarten. Wenn ich daran denke, freue ich mich wie ein kleines Kind auf Weihnachten. Klingt zwar bescheuert, ist aber wirklich so.

Alf rennt mir dauernd vor die Füße und miaut was das Zeug hält. Er bettelt und bettelt, nach was auch immer. Ich verstehe seine Sprache noch nicht, so aufgewühlt hat er sich noch nie verhalten. Er ist wirklich ein ganz süßer, artiger Kater. Klettert zwar überall rauf und untersucht jeden Winkel, doch bisher hat er noch nichts kaputt gekriegt. Selbst im großen Wäscheschrank schnüffelt er herum, legt sich zum Schlafen rein und gibt kein Mucks von sich. Er weiß genau, dass er das nicht darf. Wenn er meine Schritte oder meine Stimme hört, haut er schnell ab und verkriecht sich wie eine beleidigte Leberwurst. Das ist ekelig wenn überall die Haare rumliegen, das muss nicht sein und schon gar nicht zwischen den Klamotten. Wenn ich von der Arbeit komme, steht er schon an der Tür und ich höre sein miauen. Tür auf und sofort gibt es Streicheleinheiten, aber nur kurz, dann tobt er vor Freude durch die Wohnung. Mein Mann kommt immer sehr spät nach Hause und dieser süße Alf bringt ein bisschen Abwechslung in meinen Alltag. Es war doch eine gute Idee mit dem Haustier, ich sehe es ein und möchte ihn nicht mehr missen.

Jetzt sitzt er auf dem Stuhl neben mir und guckt zu, wie ich den Gulasch anbrate. Ich verstehe, er will ein Stück Fleisch, darum sein Rumschlawenzeln, alles klar. Ein kleines Stück zur Probe und schwups springt er samt Beute vom Stuhl, verkriecht sich im Flur und ich höre nur noch ein lautes schmatzen. Darum hat er also so miaut, will auch mal was Leckeres und nicht immer nur das Katzenfutter aus der Dose. Er liebt Gourmet und 5-Sterne-Essen, wie wir Menschen. Selbst beim Dosenfutter ist er wählerisch, frisst nur bestimmte Marken. Wobei ich finde, manche Sorten sehen sehr trocken aus, dass er das nicht mag ist verständlich.

Die Feierstunde ist in vollem Gange. Moni hat schon zu Hause herumgebummelt, kam nicht aus den Puschen und war, wie soll es anders sein, die Letzte die hier auftauchte. Omas und Opas, mein Mann und natürlich ich, alle sind wir aufgeregter als Moni. Sie sieht so süß aus mit ihrem hellgrünen Hosenanzug und dem neuen

Wuschelkopf. Mir gefallen die Haare zwar immer noch nicht, sie findet es aber hübsch und ist happy. Auf jeden Fall sticht sie damit aus der ganzen Gruppe und fällt auf. Erhobenen Hauptes stolziert sie über die Bühne, holt sich das Buch „Weltall Erde Mensch" und ihre Urkunde ab. Mein Mann schießt ein Foto nach dem anderen und nimmt uns die ganze Sicht. Jetzt fängt auch noch Schwiegervater an massenhaft Fotos zu knipsen, ich kriege von dem Geschehen auf der Bühne so gar nichts mehr mit.

Gerade von der Bühne runter, kriegt Moni die ersten Umschläge in die Hand gedrückt und fängt gleich an sie aufzureißen. Ich zeige ihr, das soll sie besser zu Hause machen, sonst fallen die Scheine runter und andere Kinder freuen sich darüber. Grübelnd und nicht gerade erfreut guckt sie mich an, steckt alles „flinke Hufe" in meine Handtasche, mit dem Kommentar, „ich mach das zu Hause selbst, nicht du".

Bei strahlendem Sonnenschein spazieren wir nach Hause. Ich wieder nur am dolmetschen und stolpernd über den kaputten Gehweg. Meine Eltern und Schwiegereltern kriegen sich nicht mehr ein, sie sind so stolz auf ihre Enkelin. Sie bewundern ihr Talent, wie sie das alles so hinbekommen hat, ohne Hilfe, ohne, dass einer ihr was erklären musste, einfach toll.

Es war eine schöne Feierstunde, ich kann aufatmen und bin froh, endlich alles überstanden zu haben. Moni rennt wie angestochen, kommt nicht schnell genug nach Hause und wir nicht hinterher. Das schöne neue Buch fliegt gleich in die Ecke und schon sitzt sie vor einem Stapel Briefumschläge. Sie reißt einen nach dem

Anderen auf, guckt kurz rein und dann den Nächsten. Bei manchen regt sie sich auf, wettert, weil kein Schein drin ist. Ich erkläre ihr, sie soll doch auch lesen von wem die Karte und das Geld ist, schließlich muss man sich dafür auch bedanken. Sie winkt ab, „mach ich später". Naja, ich war genauso, nur der Inhalt interessant, der Rest war mir mehr als egal. Sie hat auch schon einen Plan, was sie mit der ganzen „Kohle" machen will. Die meisten Kinder wollen sich davon Klamotten kaufen oder ein Sternrekorder, mit dem sie lauttönend durch die Straßen ziehen können. Moni´s Plan ist ein ganz anderer. sie will alles auf ihr Sparbuch bringen. Meint, dass sie es später braucht, wenn sie selbst eine Familie hat. Schließlich will sie sich, am liebsten sofort, eine schöne Wohnung einrichten und Kinder haben, all das kostet viel Geld. Das hat sie wohl von mir, immer am Sparen und drauf sitzen wie eine Glucke. Aber auch schön, dass sie in ihrem Alter schon so weit denkt und nicht alles verprasst.

Immer wieder klingelt es an der Tür. Moni übernimmt den Türdienst und freut sich auf Jeden, der ihr ein Umschlag in die Hand drückt. Ich renne schnell hin und gebe wenigstens ein Stück Kuchen als Dankeschön in die Hand und schon hat Moni die Tür wieder zugeknallt. Meist sind es die Kinder von irgendwelchen Nachbarn oder hier aus dem Wohngebiet. Einige kenne ich gar nicht und bin über so viel Zuspruch und Anteilnahme erstaunt. Manche machen den Eindruck, als würden sie nur eine Karte abgeben, um ein Stück Kuchen zu ergattern. Aber egal, Moni freut sich und fängt immer wieder neu an zu zählen. Mein Papa ärgert sie, das macht er liebend gerne, stupst sie ständig von der

Seite an und sie verzählt sich. Sie wettert, ist völlig genervt, guckt ihn grimmig von der Seite an und verzieht sich ohne Kommentar in ihr Zimmer. Endlich kommt auch sie zur Ruhe und kann sich um ihre Finanzen kümmern. Dem lieben Opa passt das gar nicht, jetzt guckt er grimmig und hat keinen den er ärgern kann. Nach gefühlten 60 Minuten taucht sie wieder auf und berichtet stolz von ihren Errungenschaften. Obwohl sie kaum Freunde hier hat, ist doch eine ganze Menge an Geld zusammen gekommen und schon klingelt es wieder an der Tür.

Alles hat super geklappt, rundum eine gelungene Jugendweihe. Moni´s Sparbuch freut sich und die Familie ist bestens verköstigt worden. Ich kann aufatmen und wieder ein Teil im Leben abhaken. Bin so froh und glücklich, meinem Kind das möglich gemacht zu haben, so wie es alle anderen Kinder erleben dürfen. Sicher hat sie die ganze Woche in der Schule zu berichten, was sie alles erlebt und was sie ohne Hilfe auf die Reihe bekommen hat. Die Anderen aus ihrer Klasse haben auch ihre Jugendweihe zu Hause organisiert. Manche sind schon mit durch und andere haben erst nächste Woche die Feier. Der Konkurrenzkampf, wer hat die meiste Kohle bekommen, kann also beginnen. Kann mich noch gut an meine Zeit damals erinnern. Schule war die ganze Woche Nebensache, es drehte sich alles nur um diese zugeklebten Umschläge. Natürlich hat jeder beim Erzählen noch etwas drauf gepackt, um auch ja der Bessere zu sein. Außer Geld gab es von dem einen und anderen noch Geschenke. Ich hatte am Ende drei Nachthemden und haufenweise Slips und Socken auf meinem

Gabentisch. Das habe ich natürlich in der Schule nicht erzählt, war mir irgendwie peinlich. Im Stillen denke ich, dass es den Anderen ähnlich ging. So war es eben und es war auch eine schöne Zeit. Die meisten Glückwunschkarten und das schöne Buch „Weltall-Erde-Mensch" stehen noch heute in meinem Bücherregal.

Wie an den meisten Wochenenden, kommt Moni die Treppe hoch gepoltert. Sie reißt die Tür auf und drückt mir Fotos in die Hand. Ich will sie erst begrüßen, in den Arm nehmen, aber nein, ihre Fotos sind wichtiger. Ok, ich gucke sie mir an, ja hübsch, jetzt wird aber geknutscht und gedrückt. Sie hat heute keine Zeit für so was, will nur, dass ich mir diese Fotos anschaue. Ok, jetzt wird gegessen und nebenbei nehme ich mir die Fotos zur Brust. Sie erklärt mir, dass sie auf dem Flugplatz waren und mit einen Segelflugzeug fliegen durften. Natürlich erklärt sie mir akribisch genau wie das vonstatten ging. Auf was sie achten musste, was sie während des Fluges durfte und was nicht, jedenfalls eigentlich. Na ja, sie sollte still sitzen und sich nicht nach links und rechts rüber beugen, wegen dem Gleichgewicht. Aber klar, selbst da hat sie auf Durchgang geschaltet. In aller Ruhe hat sie ihre Fotos geschossen obwohl es verboten war. Mal auf der linken Seite, dann auf der rechten Seite. Hauptsache sie hatte ihre Fotos im Kasten. Mir wird schon bei dem Gedanken ganz schwindelig und sie merkt mir wohl an, dass ich mit meiner Predigt loslegen will. Dazu kommt es nicht, sie ist mit dem Kommentar „ist doch nichts passiert", schneller als ich Worte finde. Mit dieser Aktion hätte sie nicht nur sich selbst, sondern auch den Piloten in Gefahr bringen können. Oh man, mein Kind, nicht mal bei so etwas hat sie Angst. Sie lernt es einfach nicht, sieht einfach die Gefahr nicht, furchtbar. Ich hätte mich kein Stück bewegt, hätte mich nicht mal getraut zu husten oder zu niesen. Na ja, die Fotos sind trotzdem hübsch geworden und wettern hilft nichts, ist sowieso zu spät. Ich zeige ihr super gemacht.

Das Essen fix runtergeschlungen, hängt sie schon wieder in ihrem Zimmer und ist am Lernen. Eigentlich wollten wir an den Strand gehen, Möwen füttern und die frische Luft genießen. Sie erklärt mir, dass sie nächste Woche eine wichtige Arbeit schreibt und dafür muss sie pauken. Sie ist eine sehr gute Schülerin, hat nur gute und sehr gute Noten. Selbst im Kindergarten, mit vier Jahren, war sie in ihrem Lerneifer kaum zu bremsen. Jetzt stehen die Abschlussprüfungen an und sie paukt weiter, jede freie Minute. Sie will die Beste sein, allen beweisen, dass sie nicht anders ist als Andere, als hörende Kinder. Angst kennt sie noch immer nicht, nicht mal vor so wichtigen Prüfungen. Wenn ich sie frage, sagt sie immer „keine Sorge, das klappt schon", wie ihr Papa. Finde ich gut, dass sie so denkt, das alles auf die Reihe bekommt und sich nicht verrückt macht. Eher bin ich aufgeregt, bin schließlich die Mama und die möchte, dass alles seine Ordnung hat und zum guten Abschluss kommt. Ich wünschte in manchen Situationen auch gehörlos zu sein, in diese einfache und ruhige Welt abzutauchen. Diese unendliche Stille mal genießen. Würde mir bestimmt weniger Gedanken machen und könnte mal zur Ruhe kommen, mein Körper hätte es bitter nötig.

Wir fahren in Richtung Nordsee wo Moni heute ein Vorstellungsgespräch hat und sich für eine Ausbildung entscheiden muss. Soll ja sehr schön sein dort, bin schon gespannt wie es bei Ebbe und Flut aussieht, so was gibt es bei uns nicht. Dort ist ein Berufsbildungswerk für Gehörlose und Gehbehinderte. Jetzt ist sie doch etwas aufgeregt, aber nicht wegen der Ausbildung. Nein, sie freut sich, viele von der Gehörlosenschule zu treffen, die dort schon ihre Ausbildung machen und „kaut" mir ein Ohr ab. Fragt ob ich den kenne oder den und erzählt mir was der Eine lernt und der Andere. Habe schon Genickstarre vom ständigen nach hinten schauen. Aber das stört sie nicht, immer wieder fällt ihr was Neues ein. Die Fahrt dauert ewig, ganze sechs Stunden. Darf gar nicht daran denken, dass mein Kind diese Strecke bald alleine mit der Bahn fahren muss. Wir können sie ja nicht jedes Wochenende abholen. Ich beruhige mich damit, dass die anderen Kinder auch so weit fahren und diese bestimmt gegenseitig auf sich aufpassen werden. Für mich ist also abzusehen, dass mein Kind noch immer nicht nach Hause kommt. Nochmal drei Jahre ausharren, bis sie mit der Ausbildung fertig ist. Es klingt furchtbar, nochmal würde ich so was nicht durchstehen, aber diese drei Jahre schaffe ich auch noch. Was bleibt mir übrig, es geht eben weiter. Bin ja froh dass Moni und die anderen Gehörlosen überhaupt einen Beruf lernen können und dürfen. Alle aus ihrer Klasse sind hier und werden eine Berufsausbildung antreten. Keiner wollte in den Süden, da, wo sie niemanden kennen. Wie immer waren sich die Kinder auch in diesem Fall einig, eben wie Geschwister. Alle gehen an die Nordsee und bleiben zusammen.

Gerade angekommen werden wir schon von den ersten aus ihrer Klasse umzingelt. Sie freuen sich bekannte Gesichter zu sehen, sind ganz aufgelöst und diskutieren über ihre Berufswünsche. Moni erzählt was von Maler, habe ich jedenfalls so verstanden. Darüber hatten wir im Vorfeld schon öfter diskutiert. Habe ihr erklärt, dass sie sich das nochmal überlegen soll, ist für eine Frau bestimmt nicht unbedingt leicht. Scheinbar hat sie nicht weiter darüber nachgedacht und bleibt dabei, sie will Maler werden. Nach einem kurzen Rundgang durch das Objekt mit den drei großen Internaten und einem Einführungsgespräch sitzen wir in irgendeinem Büro. Eine nette Frau, schlank wie eine Gerte, begrüßt uns. „Erst einmal füllen wir den Fragebogen aus", meint sie. Na klar doch, erst das Schriftliche und tausend Unterschriften zur Absicherung, bevor wir zum Kern kommen. Seit der Wende hat dieser Papierkram extrem zugenommen. Alles wird doppelt und dreifach abgesichert, schlimm. Moni ist schon genervt von den vielen Fragen und zappelt auf ihrem Stuhl hin und her. Sie will zu ihren Kumpels, alles andere interessiert sie nicht.

Die nette Frau kann keine Gebärden, traurig, aber das ist leider so. Also bleibt alles wieder an mir hängen und ich muss dolmetschen, hin und her. Jetzt fragt sie ob Moni die Pille nimmt, ich erkläre es ihr. Lauthals und genervt sagt sie „Nein". „Nimmst du Drogen"?, fragt die Frau, wieder ein genervtes lautes „Nein" und zum Schluss fragt sie, ob Moni raucht. Diesmal kommt die Antwort wie aus der Pistole und sie schreit die Frau förmlich an

"Niemals". Das kam so deutlich aus ihr heraus, dass ich nicht einmal dolmetschen musste. Ich bin völlig geplättet, so genervt kenne ich sie nicht und peinlich ist es auch noch. Aber es sind auch wirklich bescheuerte Fragen. Wenn sie heute nicht raucht, vielleicht ab morgen. Was sollen solche Fragen, das geht nicht in meine Birne, aber ok, wir haben es geschafft. Nein, nix geschafft. Jetzt holt sie den nächsten Stapel Papier raus. Breitet ihn auf den Schreibtisch aus und weiter geht es. Sie macht Moni ein paar Vorschläge für ihre Berufswahl, aber alles nichts für mein Kind. Sie will was Kreatives machen. Dann steht Moni plötzlich auf und meint, dass sie doch Maler werden möchten. Ich habe zu tun, das alles so schnell in Gebärden zu fassen. Die Frau durchsucht die Unterlagen, sagt dann zu uns, dass das nicht geht, weil Moni eine rot/grün Schwäche hat. Wie bitte, was hat sie? Ich verstehe nicht ganz. Wie will diese Frau so etwas wissen? Ich frage sie. Wieder wühlt sie in den Akten und meint, dass Moni vor drei Wochen zu einer Untersuchung war und dort wurde das festgestellt. Na toll, was für eine Untersuchung? Sie ist noch keine 18 und wir Eltern möchten doch bitte schon Kenntnis von solchen Untersuchungen haben und erst recht von den Ergebnissen. Sie meint, dass wir uns mit der Sache an die Schule wenden müssen, die haben die Untersuchung durchführen lassen. Moni bestätigt, dass sie zu irgend einer Untersuchung war. Ich kann es trotzdem nicht verstehen, wir sind doch regelmäßig beim Augenarzt, so etwas wurde bisher nicht festgestellt. Wahrscheinlich wird das absichtlich so gelenkt, damit sie ihre Klassen voll bekommen. Schließlich müssen sie hier auch wirtschaftlich arbeiten, das verstehe ich, aber doch nicht auf so eine Art und Weise. Schon gar nicht auf Kosten behinderter Menschen. So und wie jetzt weiter? Was kann sie denn für eine Ausbildung machen? Sichtlich überfordert wälzt die gute Frau wieder ihren Aktenstapel und meint, das geht nicht und das geht nicht. Raumausstatter könnte sie probieren. Hm, ist doch nicht viel anders als Maler, da hat sie doch auch mit Farben zu tun, erkläre ich der mittlerweile überforderten Dame. Ganz unsicher meint sie, dass Moni es doch probieren könnte und wenn es nicht klappt, könne sie sich neu orientieren. Tolle Aussichten, liege ich wohl doch richtig mit meiner Ahnung und erkläre es Moni, die mich gleichzeitig ganz grimmig von der Seite ansieht. Klar, sie ist enttäuscht, wollte so gerne malern, aber sie stimmt zu und lernt dann eben Raumausstatter. Vertrag unterschrieben und nach den Ferien geht es los. Jetzt haben wir es geschafft, nur schnell weg hier, bevor die gute Frau noch mehr Akten raus sucht.

Draußen treffen sich die Kinder wieder, jetzt gibt es richtig heiße Diskussionen. Habe den Eindruck, dass es den Anderen ähnlich ergangen ist. Ein Mädchen weint bitterlich, auch ihr Wunsch ist nicht in Erfüllung gegangen. Die Eltern winken nur ab, kriegen ihre Maus nicht beruhigt, verabschieden sich und fahren los.

Ich bin froh, dass Moni überhaupt eine Ausbildung machen kann, viele Behinderte können das nicht. Und Raumausstatter ist ein schöner und vielseitiger Beruf. Da lernt sie nicht nur nähen, sie lernt auch polstern. Raumausstatter gibt es überall, vielleicht finden wir zu Hause eine Arbeit, wenn sie ausgelernt hat. Dann habe ich mein Kind in der Nähe oder sogar zu Hause. Kann später die Enkelkinder hüten und helfen wenn es nötig ist.

Auf der Heimfahrt erzählt Moni mir, was sie in der Werkstatt für Raumausstatter alles entdeckt hat. Jeden Winkel hat sie untersucht und natürlich auch einen Bekannten getroffen, mit dem sie ewig gequatscht hat. Jetzt ist sie doch aufgeregt, scheint sich riesig zu freuen und ist ganz durch den Wind.

Wieder zu Hause angekommen ruft sie gleich nach ihrem Kater Alf. Normalerweise steht er schon hinter der Tür wenn einer die Treppen hoch kommt, aber keiner da. Aufgelöst durchsucht sie alle Zimmer, ruft und ruft. Keiner zu sehen, keiner zu hören. Der kann ja nicht weg sein, wir haben doch alle Fenster und Türen verschlossen, habe selbst den Kontrollgang heute früh gemacht. Ich rufe ihn, nichts zu hören, das gibt es doch nicht. Moni ist völlig außer sich, die Tränen kullern und sie meint, er wäre weg gelaufen. Ich erkläre ihr noch einmal, dass das nicht sein kann, es war alles verschlossen. Sie diskutiert mit mir, fuchtelt mit den Armen herum, ist stinksauer und steigert sich richtig rein. Wir suchen Stück für Stück die ganze Wohnung ab, gucken hinter alle Möbel, rufen und rufen. Keine Reaktion von dem kleinen Vierbeiner. Ah, ich sehe, die Tür von unserem alten Büfett steht ein kleines Stückchen offen. Wir haben das Schloss noch immer nicht gewechselt, nur das im Kleiderschrank. Diese Tür hält auch ohne zu schließen, ist schließlich ein uraltes Teil und da gibt es, glaube ich, keine Schlösser mehr zu kaufen. Ich zeige es Moni, sie schleicht sich vorsichtig ran, reißt die Tür auf und da liegt er ganz ruhig, noch immer schnurrend. Er lässt sich trotzdem nicht stören, hat es sich auf den Berg Bettwäsche gemütlich gemacht. Ich rufe ihn mit etwas lauterer, energischer Stimme. Endlich, er räkelt und streckt sich und kommt langsam aus seinem Versteck. Ist das eklig, die ganze Bettwäsche voller Katzenhaare! Kriegt ein Kater diese Tür überhaupt auf, ich kann es gar nicht glauben. Alf ist nicht nur hübsch, er ist auch noch intelligent. Wenn die Schlafzimmertür mal auf steht, kann ich gar nicht so schnell gucken und schwuppdiwupp liegt er in den Betten. Dann versteckt er sich unter der mollig warmen Bettdecke, rührt sich nicht vom Fleck und gibt keinen Mucks von sich. Der weiß ganz genau was er darf und was nicht.

Wenn Moni zu Hause ist hat er tüchtig zu leiden. Er ist zwar noch sehr verspielt, aber manchmal braucht auch er seine Ruhe. Das kriegt Moni nicht hin. Habe es ihr schon so oft erklärt, aber nein, wenn sie mit ihm spielen will, dann muss er auch wollen. Wenn es ihm reicht oder zu viel wird, dann kratzt er sie. Das versteht sie nicht und wettert was das Zeug hält. So läuft das aber nicht, sie muss es einfach kapieren. Ich habe Angst, dass er sie mal am Auge verletzt. Das darf einfach nicht passieren, wo sie auf einem Auge schon kaum was sehen kann. Aber ob ich es ihr erkläre oder mit der Wand rede, eigentlich egal. Sie will so etwas nicht hören. Würde ihr gerne Stunden lang predigen, dass sie mehr auf sich und ihre Gesundheit achten muss. Schließlich ist sie alt genug und für sich selbst mit verantwortlich. In ihrer Welt, die so still und frei von Kompliziertem scheint, gibt es solche Diskussionen wohl nicht, ich habe keine Ahnung. Obwohl ich die ganzen Jahre im

Schatten ihrer stillen Welt gelebt habe und vieles anders als in meiner ist, werde ich mich an manche Situationen nie gewöhnen.

Die Prüfungen hat Moni bestanden, natürlich alle mit „gut". Wir sind so stolz auf unsere Maus, mehr geht nicht. Obwohl der Kinderpsychiater damals meinte, dass sie immer eine Dreier-Schülerin bleiben wird. Vielleicht hat sie deswegen die ganzen Jahre so gekämpft, nur um ihm und anderen Menschen das Gegenteil zu beweisen. Ich habe keine Ahnung, aber es war gut, dass ich ihr all das erklärt habe, vielleicht wäre sonst alles anders gekommen. Heute sind wir jedenfalls die stolzesten Eltern und verabschieden uns von den Erziehern und Lehrern in der Gehörlosenschule. Das ist auch für uns ein komisches Gefühl, einfach „danke" und „tschüss" zu sagen. So viele Jahre haben sie sich um unser Kind gekümmert, waren quasi die Ersatzeltern und nie gab es Probleme. Moni hat so viel gelernt in dieser Zeit, sie ist so erwachsen geworden. Ist unheimlich ehrgeizig, selbstbewusst, selbstständig, kann gut mit Geld umgehen, ist überaus kontaktfreudig und hilfsbereit. Sehr ordentlich, wenn es um ihre Sachen geht und teilweise sogar extrem pingelig. Sie hat gelernt auch ihre Stimme zu benutzen, obwohl sie gehörlos ist. Vieles versteht man nicht so deutlich wie bei Hörenden, aber man versteht es, je öfter man mit ihr zusammen ist. All das hätte ich ihr zu Hause nicht bieten können und bin froh, dass wir doch diesen Schritt gewagt haben, auch wenn es furchtbar leere Jahre für mich als Mama waren. Damals bin ich in ein tiefes Loch gefallen, die Welt ging förmlich unter, als es hieß, Moni muss in einen

Gehörlosenkindergarten, weit weg von zu Hause. Seit ihrem 4. Lebensjahr war sie hier, insgesamt 13 Jahre und jetzt heißt es Abschied nehmen. Bei Kaffee und Kuchen lassen wir alles noch mal Revue passieren und bei allen kullern die Tränen. Selbst bei den Kindern, obwohl die sich alle nach den Sommerferien wieder sehen. Irgendwie war es ihr zweites zu Hause, sie haben sich immer wohl gefühlt und sind wie Geschwister aufgewachsen. Eben wie in einer Großfamilie. Die Erzieherin kriegt sich kaum noch ein, muss sich von all ihren Ziehkindern, die sie so viele Jahre mit viel Liebe und Herzblut betreut hat, verabschieden. Sogar die Klassenlehrer kämpfen mit den Tränen, genauso, wie wir Eltern. Kleine Abschiedsgeschenke werden noch hin- und hergereicht und die lange Schulzeit hat damit ein Ende gefunden. Damals wollten wir uns Arbeit hier in der Nähe suchen, damit wir dichter bei Moni sind und sie immer zu Hause wohnen kann. Wir dachten, dass die Schulzeit ewig dauert. Nun ist alles vorbei und die Jahre sind so schnell vergangen. Es fühlt sich traurig an, als würden wir Eltern, der „Ziehmama „ die Kinder wegnehmen. Ein sehr emotionaler Moment für alle Beteiligten. Auch die Eltern von den Gehörlosen umarmen sich gegenseitig und flennen was das Zeug hält. Vieles hat auch uns in den Jahren zusammengeschweißt und wir sind teilweise Freunde geworden. Haben uns ausgetauscht, uns gegenseitig besucht und abwechselnd die Kinder übers Wochenende in Obhut genommen. Eine schöne Zeit, auch wenn es für Alle oft sehr schwer zu ertragen war. Ich bin überzeugt, dass auch die kommende Zeit eine Schöne werden wird, mit ihren Höhen und Tiefen und die

Achterbahn in meinem Kopf wird weiter fahren, vielleicht aber nicht mehr ganz so schnell. Jetzt fahren wir erst einmal nach Hause und genießen sechs Wochen Ferien mit Moni. Ich bin wieder Mama, kann mich um mein Kind kümmern und für sie da sein.

Die Hälfte der Ferien sind herum, wir sitzen im Reisebus, mit 40 anderen, fremden Leuten und es geht in Richtung London. Die meisten viel älter als wir, aber alles sehr lustige und kontaktfreudige Leute. Die Hälfte von all denen kommt von einer Nachbarinsel, sind Fischer von Beruf und der „Schalk sitzt ihnen im Nacken". Die unterhalten, schon bei der Abfahrt leicht an geduselt, lauthals den ganzen Bus und Moni ist in ihrem Element. Sie hat ihren Spaß, albert mit den Leuten herum und manche versuchen sich mit Gebärden, was die Stimmung im Bus erhöht. Durch den Einfluss von Alkohol wird die Sache ziemlich erschwert und es entstehen die unmöglichsten Handzeichen, wenn man es so nennen kann. Das Tollste ist, sie akzeptieren Moni und versuchen ihr Bestes, mit ihr zu kommunizieren, was mich wiederum sehr freut. Sie wird nicht ausgeschlossen, nicht schief angesehen, sie ist Teil unserer hörenden Welt und fühlt sich rund um wohl. Sie bemüht sich sogar klar und deutlich zu sprechen, sich mit der hörenden Welt zu arrangieren, was recht gut klappt und die Leute immer wieder in Erstaunen versetzt. Auf dem Rastplatz stürmen alle, als würde es Bananen geben, aus dem Bus. Moni mittendrin, guckt aber ganz genau, wo welches Auto lang fährt und ist auf der Hut. Ich stolziere ganz in Ruhe hinterher, muss mir mal keine Sorgen machen, losschreien, obwohl es sinnlos ist oder losrennen. Habe den Eindruck, dass die ganze Truppe Moni im Auge behält und alle auf sie Acht geben. Mit Händen und Füssen zeigen sie ihr, wo es lang geht oder was sie machen soll. Schon nach kurzer Zeit versteht sie alles und stellt sich auf jeden Einzelnen ein. Selbst die komischen, für mich undefinierbaren Gesten, versteht Sie. Es ist faszinierend wie das alles funktioniert. Ganz ehrlich, die nächsten Tage bin ich wohl abgeschrieben, aber egal, Moni gehts super, sie hat ihren Spaß und das ist wichtig.

Fünf lange Tage waren wir unterwegs, mit Bus und Schiff und wieder Bus. Obwohl ich Muskelkater im ganzen Körper hatte und nur noch den Drang nach Schlaf verspürte, es war ein stressiger, aber trotz allem, erholsamer Urlaub. Außer das Essen, das war nicht so unseres. Mittags gab es immer so komische graue Würstchen und dazu Kartoffelbrei, der genauso grau war. Das Auge isst ja bekanntlich mit, aber diese Teller sahen rundum grau aus, einfach nur unappetitlich und so hat es auch geschmeckt. Ansonsten Stadtrundfahrt hier, Stadtrundgang da, ich viel am dolmetschen und abends platt wie eine „Flunder". Auch für Moni war es Erholung pur. Sie hat viel Neues gesehen, eine Menge nette Menschen kennengelernt und hat sicher ihren Kumpels viel zu erzählen.

Die Ferien sind vorbei und für Moni beginnt ein neuer Lebensabschnitt. Mit Sack und Pack fahren wir an die Nordsee, wo sie die nächsten drei Jahre den Beruf Raumausstatter lernen wird. Also von der wunderschönen Ostsee auf zur Nordsee, einmal quer rüber. Wieder muss sie drei Jahre im Internat leben, weiter weg als bisher, weit weg von zu Hause. Könnte sie hören, wäre alles einfacher, dann könnte ich ab und zu wenigstens mal mit ihr telefonieren. Könnte ihre Stimme hören und mich davon überzeugen, dass wirklich alles in Ordnung ist oder auch nicht. Läuft bei mir eben alles anders, viele Situationen noch immer gewöhnungsbedürftig, auch nach so vielen Jahren. Ich darf gar nicht daran denken, wenn mein Kind Heimfahrt hat. Dreimal umsteigen und immer ein anderer Bahnsteig. Manchmal hat sie nur fünf, drei oder noch weniger Minuten Zeit, um zum anderen Bahnsteig zu rennen. Sie hört nicht wenn es kurzfristig zu Änderungen kommt. Vielleicht steht sie ewig auf einem Bahnsteig und der Zug ist längst auf der anderen Seite losgefahren. Was ist dann? Sie kann nicht einfach Leute anquatschen, so wie Andere, die verstehen ihre Sprache nicht, nicht ihre Gebärden. Sie kann nicht zum Schalter gehen und nachfragen, wenn es Probleme gibt. Diese drei Jahre werden bestimmt noch schlimmer für mich als die Vergangenen. Bangen und Zittern sind wieder einmal vorprogrammiert.

Habe mit meiner Schwägerin gesprochen, sie wohnt nicht so weit weg und Moni kann zwischendurch an den Wochenenden bei ihr bleiben. Sie kann recht gut Gebärden und wird uns anrufen, wenn es was Wichtiges gibt. Moni muss nicht jedes Wochenende so weit fahren, kann auf ihre kleine Cousine aufpassen und hat etwas Abwechslung. Moni findet die Idee super und freut sich schon.

Für mich nicht so super, sehe mein Kind dann noch weniger, trotzdem ist es für alle die beste Lösung.

Überall Schranken runter, Ampeln auf rot, dachte schon wir kommen nie an. Glatte sieben Stunden haben wir gebraucht. Ich bin müde und kreuzlahm vom Sitzen. Nach langem Suchen haben wir endlich ein Parkplatz gefunden und schon ist Moni verschwunden. Das fängt ja gut an, wir kennen uns hier nicht aus, wissen nicht in welchem der drei Internate sie einziehen soll. Mit dem ganzen Gepäck auf dem Buckel irren wir durch die große Anlage und suchen die Anmeldung. Treffen noch andere Eltern, die, wie wir auch, die Info suchen. War klar, da stehen die Kinder, bestimmt zehn an der Zahl, die mit ihren Händen herumhantieren und Moni mittendrin. Wir fragen uns durch, finden endlich die Anmeldung und landen kurze Zeit später in der zweiten Etage. Monis Zimmer, schön groß und mit zwei anderen Mädels zusammen. Zwei neue Gesichter für Moni, aber sie finden gleich Zugang und wir sind mal wieder abgeschrieben. Der Einstieg läuft schon mal perfekt, hoffe nur, dass es auch so bleibt. Moni zeigt uns, dass wir wieder los fahren können, sie kommt alleine klar und hat sich mit ihren Kumpels auf dem Hof verabredet. Typisch unser Kind, so selbstbewusst, sie braucht uns nicht ständig an ihrer Seite. Ich erkläre ihr noch, dass sie bitte einmal die Woche ein Fax schicken soll, weil telefonieren ja schlecht geht. Sie verspricht es, winkt ab und schon kommt ein lautes Tschüss. Unsere Moni, alles kriegt sie hin, wie auch immer, sie schafft es und ist stolz auf sich selbst, was sie auch wirklich sein kann. Etwas betrübt ziehen wir „Leine" und spazieren mit anderen Eltern, denen es ähnlich geht, zum Parkplatz. Auch sie berichten, dass sie schon nach zehn Minuten abtreten durften. Tröstend, dass es nicht nur uns als Eltern so geht.

Bin mal wieder total durch den Wind, konnte die ganze Nacht kein Auge zukriegen und habe nur gehofft, dass Moni heute heil nach Hause kommt. Ist schließlich ihre erste Heimfahrt, ganz alleine und dann noch so weit mit dreimal umsteigen.

Endlich, ich kann aufatmen! Mein Kind steht wohlbehalten vor mir, grient und entschuldigt sich gleich mit tausend Ausreden, dass sie kein Fax schicken konnte.
Sie berichtet, dass die lange Zugfahrt kein Problem war. Anfangs waren viele Kumpels mit im Zug, nach und nach wurden es immer weniger. Moni hat mit die längste Heimreise, war die letzte Strecke dann allein und hat sich mit einem netten Ehepaar angefreundet. Mit denen hat sie gequatscht, natürlich mit Zettel und Stift, mit Händen und Füssen, bis nach Hause. Die wollten ein paar Gebärden von ihr lernen und Moni war wieder in ihrem Element. Das macht ihr Spaß, freut sich, wenn Andere Interesse und nicht Mitleid zeigen. Die schon größeren Kinder haben den Neulingen geholfen, auf den Bahnsteigen alles erklärt, was sie tun müssen wenn es Änderungen gibt. Moni sieht das alles locker, ist aber ziemlich platt von der langen Bahnfahrt, immerhin sechs Stunden. Nächste Woche fährt sie nur bis zur Schwägerin. Sie kann mit der Cousine herumtoben und auch auf die kleine Maus aufpassen. Jetzt ist sie erst einmal hier und wir quatschen uns fest.

Schließlich gibt es viel Neues zu berichten. Sie erzählt, dass sie schon Gardinen nähen musste, mit einer richtigen Profi-Nähmaschine. Die hat so schnell genäht, anfangs war der Stoff schneller am Ende, als sie gucken konnte. Nach ein paarmal üben hat es dann geklappt, außer, dass die Nähte krumm und schief waren. Aber Übung macht ja den Meister. Jetzt freut sie sich schon auf die Abteilung „Polstern", das ist wohl mehr ihr Ding. Da kann sie mit Hammer und Tacker herumwerkeln. Die ersten Fachausdrücke haut sie mir auch gleich um die Ohren. Früher gab es eine Sorte Faltenband für Gardinen, heute gibt es 50 oder mehr und jede Sorte hat einen anderen Namen. Sie erzählt und erzählt, ich verstehe nur die Hälfte, weil ich diese ganzen neuen Fachausdrücke gar nicht kenne und dann den Zusammenhang nicht verstehe. Das interessiert sie nicht, munter erzählt sie weiter und freut sich diesen Beruf doch gewählt zu haben.

Bei uns wird es wirklich nicht langweilig. Vor knapp sechs Wochen hat die Ausbildung angefangen und schon ist Moni krank. Sie hat sich im Internat beim Toben den kleinen Finger verdreht. Gleich so schlimm, dass die Sehne gerissen ist und der Doktor ambulant operieren musste. Ähnliches ist mir vor zwei Wochen passiert und der kleine Finger der rechten Hand liegt wohl behütet in einer Gipsschiene. Angeblich war auch die Sehne gerissen und es wurde ohne lange zu fackeln gleich operiert. Jetzt tragen wir beide eine Gipsschiene, einer rechts, der andere links. Kann so etwas ansteckend sein? Ich komme mir gerade vor wie in einem Mutter-Kind Hospital.

Moni hängt nun schon zwei Wochen zu Hause rum, ist sichtlich genervt und gelangweilt. Sie tobt den ganzen Tag mit Kater Alf umher und ärgert ihn wo sie nur kann. Früh die Augen auf und schon geht es los. Heute hat sie ihm ein Luftballon an den Schwanz gebunden, wie ein Besengter ist er durch die Bude getobt und jetzt versteckt er sich, sobald er Moni nur sieht oder hört. Das versteht sie natürlich nicht und versucht ihn immer wieder, aus seinem Versteck zu locken. Er faucht und fährt seine Krallen aus, selbst das interessiert sie nicht. Der arme Kater, tut mir richtig leid. Ich erkläre es ihr immer und immer wieder, dass es mal schnell ins Auge gehen kann. Sie schaltet auf Durchgang, stellt sich stur und macht in aller Ruhe weiter. Gerade fertig mit meiner Predigt steht sie mit verzerrtem Gesicht da, hat eine riesige Schramme am bisher verschont gebliebenen Arm. Es blutet wie verrückt, ist aber zum Glück nicht tief und ein Pflaster reicht aus. Ich zeige ihr nur, selbst Schuld. Sie guckt weg, tut so als wäre nicht sie Schuld. Ich freue mich im Stillen, dass es mal geklappt hat und sie es vielleicht endlich kapiert. Jetzt lässt sie ihn doch in Ruhe und er macht sich im Sessel breit, eine Auge aber immer auf Moni gerichtet.

Jetzt ist Schluss mit lustig und toben, ab zum Chirurgen. Wir haben einen Kontrolltermin wegen ihrem Finger. Der Doc wird sich freuen, am Zeh ist auch noch ein Nagel eingewachsen, den kann er gleich mit verarzten.
Die Krankenschwester schmunzelt als Moni humpelnd in die Praxis tapst. Es sieht ja auch witzig aus, rechte Hand im Gips und

sie humpelt. Selbst der Doc muss grinsen, zückt nach 5 Minuten gleich sein Messer und trennt den halben Zehennagel ab. Super, jetzt hat sie auch noch den Fuß verbunden. Schade nur dass kein Fasching ist, sie hätte bestimmt den ersten Platz gemacht. Ich erkläre es ihr und wir lachen uns beide kaputt. Anfangs jedenfalls, jetzt wird sie ernst und meint, dass das nicht lustig ist. Ja, sie hat Recht, trotzdem sieht es geschossen aus. Hand in Gips, Fuß im dicken Verband und am anderen Arm ein Pflaster, na toll, es kann nicht besser laufen.

Heute will sie auch noch baden. Sie hatte sich die ganzen Tage wegen der Gipsschiene nicht getraut. Ich wickle ihr überall Plastiktüten drum, sie sieht jetzt noch verrückter aus. An ihrem Schienbein sehe ich ein Leberfleck und frage sie, ob der schon immer da war. Sie weiß es nicht genau, wundert sich aber auch. Am ganzen Körper hat sie Leberflecken, große, kleine, dicke und dünne. Aber dieser war mir nie aufgefallen. Ich denke, dass er vor zwei Wochen noch nicht da war und habe den Eindruck, dass er extrem schwarz aus sieht. Die anderen Flecke sind eher dunkelbraun. Ich erkläre ihr, dass sie das bitte beobachten soll und öfter darauf schauen muss, ob er sich verändert. Ja, ja, ist ihre Antwort und der Fall ist erledigt. Nächste Woche darf sie trotz Verbände wieder zur Ausbildung. Zur Nachkontrolle soll sie dort zum Arzt gehen, ansonsten dürfte nach einer Woche alles gut verheilt sein und die Verbände können alle herunter.

Habe die letzten drei Wochen nur an diesen blöden Leberfleck gedacht, hoffe dass er sich nicht verändert hat. Moni kommt

pünktlich nach Hause und wir quatschen, wie immer die halbe
Nacht. Ich gucke mir ihr Schienbein an, wir kriegen beide einen
Schreck. Das Ding ist wirklich größer geworden. So ein Mist,
nicht so was auch noch, das muss mein Kind nicht auch noch
ertragen. Moni versteht meine Sorge nicht, winkt lässig ab und
meint, „tut nicht weh, alles in Ordnung". Als Mutter weiß man
doch was das bedeuten kann und meine Gedanken spielen
verrückt. Im Kopf kreist die Achterbahn mal wieder ihre Runden.
Mein ganzer Kopf spielt verrückt, mir ist schwindelig und übel.
Habe zu tun, die Tränen zu unterdrücken, aber Moni merkt mir
die Sorge trotzdem an, streichelt meine Hand und zeigt mir,
„musst keine Angst haben". „Der Arzt kann den weg operieren
und dann ist doch gut". Oh mein Kind, wenn das so einfach wäre,
ja, dann wäre die Welt in Ordnung. Einfach wegschneiden ist ja
wirklich kein Problem, aber das Ergebnis, das könnte eins
werden. Mein Mann kommt von der Arbeit, früher als sonst und
merkt gleich, dass wieder was anders ist. Ich kann meine Tränen
nicht unterdrücken und bevor ich mit Erklärungen starte, kullern
literweise die Dinger übers Gesicht. Moni zeigt ihm den
Leberfleck und erklärt was los ist. Selbst er ist geschockt und
findet diesmal keine tröstenden Worte, um mich zu beruhigen.
Gleich morgen Früh will er beim Hautarzt ein Termin
organisieren.

An schlafen war nicht zu denken, jedenfalls ich nicht. Mein Bett
sieht aus, als hätte ich es drei Wochen nicht gemacht, wie Kraut
und Rüben und das Kopfkissen klitsche nass von den vielen

Tränen. Mir tun alle Knochen weh vom hin- und her wälzen. Ich bin so müde, müde vom vielen müde sein. Insgesamt habe ich wohl so an die zwei Stunden geschafft zu schlafen, so sehe ich auch aus, ein knittriges Etwas.

Mein Mann sieht nicht ganz so schlimm aus. Ohne ein Wort zu wechseln und noch vorm Frühstück ruft er beim Hautarzt an und macht ein auf Dringlichkeit. Rein zufällig kennt er mal wieder die Schwestern an der Anmeldung und wir dürfen morgen früh 7 Uhr auf der Matte stehen. Die nette Frau hat versprochen, dass wir gleich ran kommen, weil Moni wieder zur Ausbildung muss und den 10 Uhr Zug schaffen will. Bin froh, dass wir so schnell einen Termin bekommen haben, aber die kommende Nacht wird für mich nicht besser, sie wird grauenvoll. Ich wünsche mir einfach mal eine Woche alleine zu sein, ganz alleine, nur für mich und nur schlafen, mal richtig ausschlafen. Dachte ich doch eigentlich, dass sich alles langsam aber sicher entspannt und ruhiger wird, jetzt wo Moni älter ist. Aber wie so oft, falsch gedacht.

Auch die letzte Nacht war, wie schon erwartet, die Hölle auf Erden. Hatte nur diesen einen Gedanken im Kopf, was ist wenn. Ich habe es nicht geschafft, den Schalter da oben umzulegen. Meine Beine sind schwer wie Blei und die Arme müssen den Kopf stützen, damit er nicht runterfällt. Irgendwie hängt er nur noch an meinem dünnen Hals und lässt sich nicht mehr steuern. Das Denken ist einfach ausgeschaltet, es funktioniert nichts mehr. Kann es Schlimmeres geben für eine Mutter, ich glaube nicht. Endlich, eine bis zum Hals tätowierte, aber freundlich lächelnde

Schwester bittet uns in das Behandlungszimmer. Der ebenfalls nette Arzt guckt gleich auf Moni ihrem Bein und meint nach gefühlten fünf Sekunden, „das sieht nicht gut aus". Tolle Aussichten, er könnte doch erst mal richtig untersuchen und mir dann so einen Mist an den Kopf werfen. Ich zittere am ganzen Körper, mir wird heiß und kalt. Ich glaube mein Gehör versagt jetzt auch. Der Doc brabbelt was, aber ich verstehe es nicht. Vielleicht auch besser so. Jetzt schmiert er ein Gel auf die Stelle, guckt mit der Lupe drüber, noch mal und noch mal. Dann sein Ergebnis, ja der Leberfleck wächst und er muss schnellstens rausgeschnitten werden. Eine Probe davon wird eingeschickt und nach ca. sechs Wochen wissen wir mehr. Wie soll ich so lange auf das Ergebnis warten, schon der Gedanke macht mich verrückt im Kopf. Schon der Gedanke, dass das Ergebnis kein Gutes sein könnte und wieder mein Kind das Opfer ist, macht mich fertig. Was sage ich meinem Kind, wenn es ein schlechtes Ergebnis ist? Was sage ich ihr, wenn sie mich mit Fragen löchert? Ich habe keine Ahnung. Mein Kopf ist, wie so oft die letzten Jahre, völlig leer, ich kann nicht mehr denken. Kann kein klaren Gedanken fassen. Habe keine Antworten parat, keine Ahnung wie es dann weiter geht. Ich fühle mich so klein und hilflos. Manchmal frage ich mich, wo ich diese Kraft nur hernehme, wie ich das alles schaffe. Wie schaffe ich es diesen psychischen Druck, der sich in mir auftürmt, stand zu halten? Selbst darauf habe ich keine Antwort.

Ich bin doch in der Verantwortung meinem Kind in diesem Moment die Angst zu nehmen, aber wie macht man das? Habe doch selbst Angst und bin völlig am Boden, wie soll ich so mein Kind trösten, ich brauche selbst Trost? Auch wenn vieles in meinem bisherigen Leben schlimm war und mich vieles zu Boden geworfen hat, das jetzt übertrifft alles. Ich habe keine Antworten auf all diese Fragen, ich weiß nur, dass ich niemals am Boden liegen bleibe. Ja, ich werde immer wieder aufstehen, immer wieder auf ein Neues kämpfen, irgendwas gibt mir diese Kraft.

Glücklicherweise hat Moni nicht weiter gefragt, der Leberfleck war raus und für sie die Welt wieder in Ordnung. Ich bin nur erleichtert, dass keine tausend Fragen auf mich eingeprasselt sind und ich nach irgendwelchen Antworten suchen muss. Aber ich bin mir sicher, dass genau dieser Tag noch kommen wird. Was ist dann? Breche ich dann völlig zusammen? Nein, das werde ich nicht, das kann ich meinem Kind nicht antun. Ich bin doch Mama und muss, egal was kommt, für sie da sein. Als Mama muss ich in jeder Situation eine Lösung haben und einen Ausweg finden.

Früher, als Moni noch in der Gehörlosenschule war, das waren harte Zeiten für mich. Mein Kind kam nur an den Wochenenden nach Hause. Jetzt sehen wir uns noch weniger. Manchmal vier Wochen nicht und die wöchentlich versprochenen Faxe von ihr bleiben, wie erwartet, auch aus. Auch wenn ich einen ganz tollen, lieben und einfühlsamen Mann an meiner Seite habe, fühle ich Leere. Innerliche Leere, die mich traurig macht. Deswegen gehe ich öfter an den Wochenenden arbeiten, die Zeit vergeht schneller. Ruckzuck sind dann 3 oder auch 4 Wochen rum und ich kann mein Kind in den Armen halten. Auch wenn sie es heute nicht mehr so intensiv macht und mag wie früher, es bleibt mein Kind und das will ich knuddeln.

Dieses Wochenende fährt Moni nur zwei Stunden mit der Bahn bis zur Schwägerin. Sie hat gerade angerufen. Moni war pünktlich, wie abgesprochen, bei ihr eingetrudelt. Also können wir beruhigt ins Wochenende gehen und uns in unserem verunkrauteten Garten zu schaffen machen. Ich genieße es, in den Beeten herumzuwühlen, Unkraut zu zupfen und all solche Sachen. Es beruhigt, ich kann alles andere abschalten und beim Arbeiten sogar entspannen. Zu unserem Pech sind auch die Gartennachbarn da, einfach nur schrecklich. Ein älteres Ehepaar, sie noch ganz nett und er, na ja, auch. Die haben an unserer Terrassenseite ihr Gartenklo und immer wenn der gute Mann darauf muss, lässt er die Tür weit auf. Das ist einfach eklig und pervers. Habe gerade den Kaffeetisch gedeckt und schon geht diese furchtbare, in den verrosteten Scharnieren knirschende, Tür da drüben auf. Ich glaube es nicht, habe den Eindruck, dass er das absichtlich macht. Nicht genug dass er so ein Perversling ist, wenn er im Garten herumwühlt pupst er noch was das Zeug hält. Ich wusste gar nicht, dass man so laut pupsen kann, das ist in der ganzen Gartenanlage zu hören ist. Ich bin nicht pingelig, aber das ist einfach nur störend und extrem eklig. Bin froh das Moni das nicht hört, wenn sie mal mit hier ist. Ich liebe diese Gartenarbeit, es lenkt von den Sorgen und meiner Einsamkeit ab. Hier kann mein Kopf abschalten und brauch an nichts denken, außer an

Unkraut. Aber dieser Nachbar macht diese schöne Atmosphäre immer wieder zunichte.

Letzten Oktober waren die Wildschweine in der Gartenanlage unterwegs, haben alles zerwühlt und nieder getrampelt was nur ging. Natürlich hat genau dieser Nachbar mit uns gemeckert, weil unser Zaun an einer Ecke etwas kaputt war. Angeblich sind diese Viecher nur deswegen in seinen Garten gekommen. Wir fanden es eher lustig, obwohl die Gärten aussahen, als wäre über Nacht der Krieg ausgebrochen. Mein Papa, Landwirt mit viel Ahnung, hatte uns empfohlen, die noch restlichen Kartoffeln auszubuddeln, sonst kommen die Wildschweine immer wieder, die riechen das wohl. Na ja, also haben wir uns nach Feierabend an die Arbeit gemacht, alle Reste der Erdäpfel raus zu holen und alles schön glatt geharkt. Wie mein Papa schon prophezeite, kamen die in der kommenden Nacht wirklich wieder. In unserem Garten waren nur die Spuren von der durchgelaufenen Horde zu sehen. Beim netten Nachbarn allerdings, er hatte tagsüber alles schön glatt geharkt, haben sie erneut gewütet. Er hatte nämlich das restliche Futter für die halb verhungerten Schweinchen in seinen Beeten gelassen. Das Ende vom Lied, bei ihm sah es noch schlimmer aus als am Tag zuvor. Wir sahen das Dilemma schon von weitem und je dichter wir kamen, um so lauter brüllte dieser Nachbar. Natürlich haben wir auf Durchgang geschaltet, in unserem Garten haben sie ja schließlich nichts gemacht, der sah aus wie neu angelegt. Mein Mann, Großklappe und Schlaumeier, zu ihm hin, erklärt ihm, dass er als Gärtner doch hätte wissen müssen, dass die so lange kommen wie noch Fressen im Boden ist. Na, der Pupser wurde nicht wieder, hat uns tagelang nicht angeguckt und war immer nur kurz in seiner Parzelle wenn wir da waren. Oh, war das schön, wir hatten unsere Ruhe und konnten mal saubere Luft einatmen. Ab sofort war unser Garten das beste Erholungsgebiet, so wie man es sich vorstellt.

Endlich, Moni ist mal wieder zu Hause und erzählt von ihrem Wochenende bei der Schwägerin. Sie hatte ganz viel Spass und durfte auf ihre kleine Cousine, 2 Jahre, aufpassen. Einmal, da hat die kleine Maus wohl geweint und sie wusste nicht warum. Hat versucht sie zu trösten, zu streicheln, ihr Spielzeug gegeben, aber nichts half. Dann hat sie ihr einen Schokoriegel unter die Nase gehalten und ruckzuck war sie still. „Kann das auch Hautkrebs sein?", fragt sie plötzlich. Darauf bin ich so gar nicht eingestellt, wie kommt sie gerade jetzt darauf? Oh nein, das ist die Frage, vor der ich solche Angst hatte und nun kommt sie. Sie hat mich förmlich überfallen damit, bin geschockt, kriege aufsteigende Hitze und kein Wort heraus. Mein Gesicht ist bestimmt knallrot, fühlt sich jedenfalls so an. Nach kurzem Überlegen erkläre ich ihr, „ja das kann auch Krebs sein". Versuche aber gleich das Gespräch zu beenden und erkläre ihr, dass wir darüber reden, wenn das Ergebnis da ist. Sie ist einverstanden und ich beruhigt, dass nicht noch mehr Fragen auf mich einprasseln. Ich habe noch immer keine Antworten parat. Was soll ich ihr denn sagen? Was soll ich ihr raten? Ich weiß es einfach nicht. Wie entscheiden wir uns, wenn wir wirklich mit dem Schlimmsten konfrontiert werden? Selbst mein Mann ist überfordert und hat keine Antworten.

Das Thema ist beendet. Moni kramt eine Videokassette aus ihrer Tasche und legt sie in den Rekorder. Wie immer muss ich mir die Zeit nehmen, alles stehen und liegen lassen, um das Video anzuschauen. Toll, sie hat die erste große eigene Party gefilmt. Bestimmt zwölf Kinder auf der Bude, mittendrin Moni. Ich kann es nicht glauben. Nicht genug dass der Tisch voller Pullen steht, Moni sitzt da und raucht. Wirklich der ganze Tisch voller Alkohol, keine Gläser, die trinken abwechselnd aus der Flasche, eben junge Leute. Das Schlimmste aber, mein Kind raucht. Eigentlich auch nicht schlimm, sie ist jetzt alt genug, um zu wissen, was sie macht. War sie doch bisher der größte Gegner davon und beim Einstellungsgespräch wäre sie bei genau dieser Frage bald explodiert. Irgendwie merkt sie, dass es wohl ein Fehler war, mir dieses Video zu zeigen. Damit hatte sie nicht gerechnet. Hatte wohl nicht mehr daran gedacht, dass sie mit Zigarette zu sehen ist. Ich gucke zu ihr rüber und schüttele nur meinen Kopf. Es scheint ihr sichtlich peinlich zu sein . Ihr Kopf läuft rot an und es kommen tausend Ausreden wie „ nur ab und zu mal" und „nur mal wenn Party ist". Ja, ja mein Kind, für alles Ausreden parat. Bin davon überzeugt, dass sie es sowieso bald wieder lässt. Sie ist viel zu geizig, dafür ihr sauer verdientes Geld auszugeben. Außerdem habe ich ganz andere Sorgen, als mich wegen so etwas aufzuregen. Die sechs Wochen Wartezeit sind fast herum und das Ergebnis, wegen dem entfernten Leberfleck, müsste nun endlich mal kommen. Ich denke schon wieder jeden Tag daran, dieses Warten macht mich mürbe, es ist schrecklich, als würde die Zeit stehen bleiben. Kann mich schon wieder auf nichts konzentrieren und bin völlig durch den Wind.

Dazu noch der Stress auf Arbeit heute. Meist ist Freitags nichts los, die Leute buchen ihre Reisen immer Anfang der Woche. Heute hatte ich aber einen Kunden, der eine Weltreise gebucht hat und das am Freitagnachmittag. Oh man, ich kam ins Schwitzen, die vielen verschiedenen Flüge, das musste alles passen und so viel Ahnung habe ich auch noch nicht. Ich war mir ziemlich unsicher und ging laufend den Chef mit Fragen auf die Nerven. Dann wollte der Kunde keine Reiserücktritts Versicherung abschließen. Ich habe gesabbelt was das Zeug hält. Man kann ja nie wissen und bei so einer langen und teuren Reise sollte man sich schon absichern. Habe ihn kurz vor Feierabend dann doch noch überzeugen können. Meine Kollegin hat alles noch mal geprüft, obwohl sie genau so viel Ahnung hat wie ich. Sie hat gemerkt, dass ich irgendwie unsicher war und bestand auf eine Kontrolle. War mir nur recht. Alles war gebucht und die Kasse voll. Der Kunde hatte die ganze Summe bar eingezahlt. Ich hoffe nur ihn die nächsten drei Monate nicht zu treffen, wenn ja, dann ist etwas schief gelaufen und ich kriege gleich die Kündigung. Die drei Monate arbeitslos haben mir gereicht, den ganzen Tag zu Hause herumhängen, da ist man kein Mensch mehr und das will ich nicht noch mal erleben.

Endlich nach sieben Wochen warten, bangen und zittern, ist das Ergebnis vom Leberfleck da. Jetzt sitzen wir ungeduldig und schwitzend beim Hautarzt. Irgendwie ist mir ziemlich mulmig und ich will das Gespräch so schnell es geht hinter mich bringen, egal wie es aus geht.

Der nette Doc erklärt mir, dass der Leberfleck zwar gewachsen ist, aber noch grenzwertig war. Hätten wir länger gewartet, wäre er mit Sicherheit ins Bösartige übergegangen. Ich höre tausend Steine klappern - Erleichterung. Oh man, haben wir Glück gehabt. Bin ich froh, dass wir so reagiert und nicht noch lange gewartet haben. Ab sofort soll Moni alle halbe Jahre zur Kontrolle gehen. Da wird dann ein Bild von den Leberflecken gemacht und mit den Vorherigen verglichen. So kann man, bei ihrem, von Leberflecken übersäten Körper, schnell Veränderungen feststellen. Wir freuen uns, sind mal wieder überglücklich, eine so schwere Hürde bewältigt zu haben. Hand in Hand und glücklich, stolzieren wir beide um die Ecke und gönnen uns ein Eisbecher beim Italiener. In aller Ruhe erkläre ich Moni was der Doc erzählt hat. „Wusste ich doch", ihr Kommentar dazu und löffelt in aller Ruhe ihren noch qualmenden Vesuv-Eisbecher weiter. Ja, so ist sie, unsere Moni, lässt nie Stress oder Negatives an sich heran. So möchte ich mal sein, frei von all dem Negativen in meiner hörenden Welt. Frei von allen Sorgen, die ich als Mutter habe.

Still und heimlich schiebt sie mir plötzlich und völlig unerwartet ein Bild unter die Nase. Sie hat einen Freund, meint aber gleich, dass es noch nichts Festes ist, sie will erst prüfen ob alles passt. Ist das süß, meine Moni, jetzt wird sie wirklich erwachsen und wir haben neuen Gesprächsstoff. Schließlich sind wir nicht nur Mutter und Tochter, sondern auch beste Freundinnen. Der Typ sieht echt gut aus, sie hat richtig Geschmack, bravo. Dann hält sie mir noch mehr Fotos unter die Nase. Ich frage sie, ob das alles ihre Freunde sind. „Nein, nein das sind alles neue Kumpels", ihre Antwort. Ich habe früher auch immer gesagt, das sind Kumpels und dabei waren wir längst zusammen, jedenfalls ein bisschen, mit knutschen und so. Wir labern noch ein wenig über das Thema Männer. Wie auch sonst im Leben hat sie ganz genaue Vorstellungen und meint, dass alles passen muss, was sie auch immer damit meint. Jetzt tanken wir noch eine frische Brise am Strand und ab geht es nach Hause.

In der Mittagspause war ich fix einkaufen fürs Wochenende. Mein Chef hat nichts dagegen, für ihn ist nur wichtig, dass das Büro besetzt ist. Also kann immer einer von uns beiden private Sachen erledigen und der andere hütet das Büro. So macht arbeiten auch Spaß und wir kriegen die „tote" Zeit überbrückt. Manchmal erzählt meine Kollegin die Streiche von ihrem Sohn, was ziemlich heftig und lustig ist, jedenfalls für mich. Einmal wollte er messen wie viel Wasser in eine Duschkabine passt. Habe mir das bildlich vorgestellt, wie sie im Bad stand und die Duschkabine nicht öffnen konnte, da ihr sonst eine Flutwelle entgegen gekommen wäre. Ein anderes mal ist er beim Toben auf ein mit Nägeln übersätes Brett getreten. So etwas passiert in der Regel an den Wochenenden, wo kein Arzt offen hat. Sie hat das Kind dann samt Brett am Fuß ins Auto gesetzt und ist zum Bereitschaft - Zahnarzt in die Praxis gefahren. Den kennt sie privat und dachte, dass er helfen kann - Arzt ist schließlich Arzt. Allerdings war der mit dieser Sache völlig überfordert, hat aber alles in die Wege geleitet und im Krankenhaus wurde der kleine Knirps nach etwa vier Stunden von diesem Nagelbrett befreit. Solche kleinen Geschichten lockern unseren Büroalltag etwas auf. Zumal sie sich auch für meine kleinen Geschichten interessiert und Moni in ihr Herz geschlossen hat. Jeden Montag bei Dienstbeginn fragt sie, wie es Moni geht. Dann wird bei einer Tasse Kaffee gegenseitig das Erlebte vom Wochenende berichtet und ausgewertet. Wenn es uns zu langweilig wird, dann stapeln wir die vielen Reisekataloge von A nach B, wirklich, nur damit die Zeit vergeht. Oder wir schmeißen alle auf den Boden, sortieren sie neu ein und die abgelaufenen verschwinden in die Container. Meist brauchen wir eine Stunde bis wir uns von unserem Lachanfall beruhigt haben und dann wird wieder rangeklotzt. Nächste Woche rennen uns die Leute wahrscheinlich die Bude ein. Unser Chef hat eine Busfahrt ins Euro-Disneyland Paris organisiert. Die Anzahlungen sind fällig und es scheppert in der Kasse. Er hat uns angeboten, dass wir mitfahren dürfen, mit der ganzen Familie und nur für die Unkosten aufkommen brauchen. Dafür soll einer im Bus die Leute belustigen, Kaffee kochen und Würstchen heiß machen. Da war mein Mann doch gleich wieder Feuer und Flamme, hat uns angemeldet und spielt ein bißchen Reiseleiter, das ist seine Welt. 18 Stunden soll die Fahrt dauern, natürlich mit einer Duschpause, so dass wir uns frisch machen können. So günstig kommen wir nie wieder nach Paris. Ein echt tolles Angebot, aber an die Fahrt darf ich gar nicht denken. Das lange sitzen ist nichts für mich und dazu noch Moni beschäftigen. Vielleicht haben wir ja Glück und es kommen viele Kinder mit, dann kriegt sie keine Langeweile.

Bin gerade dabei den Einkauf zu verstauen und schon platzt Moni zur Tür rein, hat mir was ganz Wichtiges zu erzählen. Klar doch, sie muss alles sofort los werden. Ich lasse den Einkauf liegen und nehme mir die Zeit. Sie fragt mich ob ich was rieche. Wie rieche, verstehe mal wieder nicht, was sie mir sagen will. „Na riech doch mal", zeigt sie und kommt mit ihrem Kopf immer dichter zu mir herüber. „Ja, riecht gut und was ist das"? Ich verstehe noch immer nicht. Sie fängt an zu lachen und meint, das wäre ein ganz teures Parfüm. Ja verstehe, „aber wo hast du das denn her?", frage ich sie. Jetzt druckst sie herum, zeigt mir dann aber, dass sie das geklaut hat. Ich schlage lang hin. Wie bitte? Was? Geklaut? Ich glaube ich spinne. „Wieso klaust du?" Grinst mich noch immer frech an und meint: „Es hat keiner gesehen, mach dir keine Sorgen." Ich gehe kaputt, keine Sorgen machen, immer dieser Spruch. Wenn es keiner gesehen hat, wird sie es bestimmt öfter machen, so meine Gedanken in der Schnelle. Die Achterbahn in meinem Kopf nimmt wieder ihre Fahrt auf. Ich dachte dass ich im Ziel angekommen bin. In letzter Zeit war ich so ruhig und entspannt, alles lief super. Im Stillen muss ich trotzdem lachen, so etwas hätte ich doch nie meinen Eltern erzählt, aber unsere Maus erzählt das so, als wäre es was ganz Normales. Mein Kopf rattert, wie verhalte ich mich jetzt? Schimpfen bringt nichts, ist so wieso zu spät und sie schaltet auf Durchgang. Ich erkläre ihr, wenn sie erwischt wird, kriege ich die Strafe, weil sie noch keine 18 Jahre alt ist. Später soll es mir egal sein, dann muss sie selbst dafür gerade stehen. Außerdem wird das alles bei der Polizei registriert und beim dritten Mal geht es ab ins Gefängnis. Sie wird immer blasser und ihr Kopf senkt sich langsam nach unten. Ich glaube das hat erst einmal gesessen. War zwar nicht ganz ehrlich von mir, aber etwas Besseres ist mir so schnell nicht eingefallen. Kleine Notlügen darf man schon mal benutzen. Hauptsache es zeigt Wirkung und mein Kind klaut nicht mehr. Sie zeigt mir „ok, ok" und schneidet schnell ein anderes Thema an. Meinem Mann erzähle ich es besser nicht, bestimmt lacht er sich kaputt und Moni sitzt auf dem „hohen Ross" und macht schön weiter mit dem Klauen. Ich erkläre ihr, dass es unter uns bleibt und wir es niemandem sagen. Wenigstens das akzeptiert sie, freut sich über meine Reaktion und verspricht mir, das nie wieder zu tun.

Mein Mann kommt und gleich hat Moni ihn in Beschlag. Sie tuscheln und gackern herum. Ich soll nicht so gucken, wenn sie sich unterhalten. In Ordnung, ich verziehe mich in die Küche. Alf rennt mal wieder Achten, weil er das Fleisch, was ich gerade im Kühlschrank verstaut habe, schnuppert. Normalerweise frisst er gleich los, wenn ich sein Katzenfutter hinstelle, als hätte er drei Tage nichts bekommen. Heute schnuppert er nur kurz an seinem Futternapf und geht mit gesengtem Kopf von dannen. Guckt sich aber noch zwei Mal um, in der Hoffnung, dass diese Kühlschranktür doch noch auf geht. Aber jeden Tag kann ich ihm kein Fleisch geben, er gewöhnt sich daran, gesund für Katzen ist es nicht und zu teuer wird das auf Dauer auch.

Beim Abendbrot flüstert mein Mann mir ins Ohr, dass Moni ihre Parfümaktion gebeichtet hat. Wie zu Erwarten war, findet er das alles nicht tragisch, eher lustig, habe ich doch geahnt. Ich gehe nicht weiter darauf ein, erzähle ihm von dem Leberfleck-Ergebnis und dass wir gerade noch so Glück hatten. Auch ihm fällt ein Stein vom Herzen, ich kann es förmlich hören. Er drückt mir ein dicken, fetten Knutscher auf die Wange mit den Worten,"mach dir nicht immer so viel Gedanken". Ja, ja, ich weiß, alles ok. Meine Antworten ihm gegenüber klingen schon genau so wie Moni ihre, wenn ich ihr eine Predigt halte.

Alf kommt um die Ecke geschlichen, fällt nun doch über seine Whiskas -Schüssel her und schmatzt wie ein kleines Ferkel. Er hat wohl gerafft, dass er nicht immer nur Gourmet-Essen kriegen kann. Er liebt es zu futtern, wenn wir alle zusammen in der Küche sitzen. Manchmal gibt Moni ihm einen Zipfel Wurst. Versehentlich oder eben rein zufällig fällt auch mal was runter. Natürlich wissen wir, dass man ihn damit zum Betteln anregt. Ist schon lustig mit so einem Tierchen, er tut uns allen gut und dann darf er auch ein wenig verwöhnt werden.

Moni muss noch bis 15 Uhr arbeiten, hatte natürlich vergessen ihren Ausbilder zu fragen, ob sie mal eher Schluss machen kann. Wir sind extra die weite Strecke gefahren, wollen uns die Umgebung mal etwas genauer anschauen und Moni gleich mit nach Hause nehmen. Na egal, wir vertreiben uns die Zeit schon. Bisher kannte ich nur die Ostsee, also auf geht es an den Nordseestrand. Wir sind beide baff, so ein breiter Strand, viel breiter als bei uns, ist das irre. Nur das Wasser ist so weit weg, kann es kaum sehen und unangenehm riechen tut es auch, muffelig, würde ich meinen. Nach einem kurzen Bummel stecken wir plötzlich mit unseren Schuhen voll in der Matsche, ekelig. Wie können die Leute so etwas toll finden? Ich finde es nicht. Ein junges Pärchen kommt uns entgegen und sie meinen, dass Gummistiefel bei Ebbe angebrachter wären. Stimmt, hier gibt es ja Ebbe und Flut. Nicht mal das kennen wir, nur aus dem Fernsehen, peinlich. Nach gefühlten zwanzig Minuten Strand-Matsch-Bummeln, natürlich irgendwann barfuß, steigt langsam das Wasser. Erst sind nur unsere Fußsohlen nass, dann plötzlich stehen wir bis zu den Knöcheln im Wasser. Dass das so schnell geht, hätte ich nie gedacht. Badeurlaub fällt hier schon mal aus, stelle es mir stressig vor. Immer zu warten bis nach sechs Stunden das Wasser kommt und dann dieser unangenehme Geruch, widerlich. Wir verziehen uns in Richtung Zentrum. Hier ist ein kleines Hafenbecken, da liegen die Schiffe auf der Seite. Mein Mann und ich, wir gucken uns an und biegen uns vor lachen. Das sieht aus als hätte hier ein Orkan gewütet. Es stinkt ekelhaft und in dem Becken sind nur ein paar Tropfen Wasser. Langsam steigt es auch hier und die Schiffe und kleinen Boote fangen an zu wanken. Ich frage mich, ob die alle gut versichert sind, da geht doch bestimmt ständig was kaputt, wenn die Boote so hin und her gerüttelt werden. Also ganz ehrlich, ist ja mal imposant Ebbe und Flut zu erleben, aber ich bleibe lieber an meiner Ostsee. Wenn wir baden wollen, dann gehen wir baden, müssen nicht warten bis mal irgendwann Wasser kommt. Oder etwa einen Kilometer latschen, um nass zu werden. Nein, Ostsee bleibt Ostsee.

Die ganze Umgebung hier ist etwas mystisch. Felder und Wiesen, voll mit Schafe, wohin man schaut überall Schafe. Auf jedem Feld steht ein, manchmal auch zwei Häuser und all das hat auch noch ein Ortsschild mit Namen, echt lustig. Noch witziger ist es, wenn uns ein Auto entgegenkommt oder wir irgendwo eins stehen sehen - es ist immer rot. Wirklich, hier scheint es nur rote Autos zu geben. Manche sehen etwas gräulich aus, aber das ist der Matsch vom Strand, dadrunter scheint aber der rote Lack durch. Hier ist bestimmt ab 17 Uhr der Bürgersteig hochgeklappt und man kommt sich vor, wie auf einem einsamen Planeten. Das ist nichts für uns, ein bisschen Trubel und Menschen um uns herum brauchen wir. Frage mich, was die Leute wohl im Winter hier anstellen, wenn alles zu geschneit ist, ach ich will es gar nicht wissen.

Endlich, Moni hat Feierabend. Sie schmeißt ihre Reisetasche in den Kofferraum und platziert sich, wie selbstverständlich, auf den Beifahrersitz. Na tolle Wurscht, ich darf hinten sitzen. So ist das wenn die Kinder größer werden, sie fragen nicht, sie machen einfach. Aber ist mir ganz recht, da verdrehe ich mir nicht immer den Kopf, wenn sie mit ihren endlosen Anekdoten anfängt. Gerade zur Heimfahrt angetreten, erzählt sie schon los. Sie war letzte Woche beim Hautarzt wegen der Leberfleck-Kontrolle. Sie ist jetzt alt genug, kann solche Termine alleine wahrnehmen und wir müssen nicht immer dabei sein. Sie muss nicht extra nach Hause kommen und wegen einer Stunde beim Arzt so weit fahren. Der Doc von der Nordsee hat zwei neue Leberflecken gefunden, einen ganz großen am Rücken und einen am kleinen Finger, direkt an der Fingerkuppe. Wie bitte? Das zieht mich natürlich gleich wieder runter. Der schöne freie Tag und die Freude auf das Wochenende sind sofort aus meinem Kopf. Es ist gerade ein halbes Jahr her und jetzt schon wieder. Nein, ich will, ich kann das nicht schon wieder durchmachen. Guck mir ihren kleinen Finger an und frage sie, ob sie sich den vielleicht gequetscht oder eingeklemmt hat, das sieht doch nach einer Blutblase aus. Sie kann sich nicht erinnern, hat keine Ahnung. Früher war der nicht da, das kann sie wenigstens bestätigen. Sie wurschtelt auf dem Vordersitz herum und zieht ihren Pullover aus. Zeigt mir den Großen am Rücken, ja den kenne ich, der ist schon immer da und schon immer so groß. Ich kann es nicht glauben, dass da zwei neue Leberflecken sind, die rausgeschnitten werden sollen. Jetzt geht das Zittern und Bangen wieder los. Gleich Montag werde ich den Arzt anrufen und Moni soll noch mal genau überlegen, ob sie sich vielleicht doch irgendwo gestoßen oder geklemmt hat.

Mein Mann meckert mit mir, soll mich zusammenreißen, das ist bestimmt alles nur ein Irrtum. Ja klar, ein Irrtum, kann sich ein Arzt bei so etwas irren? Ich kann es mir nicht vorstellen. Der hat doch studiert, ist Mediziner und die kennen sich mit so was aus. Wobei, die letzten 17 Jahre haben wir genug erlebt, um auch solche Sachen in Frage zu stellen. Ich kriege regelrecht Panik, wenn ich nur das Wort Arzt höre. Moni sieht das natürlich total locker, winkt ab und meint, „das Rausschneiden tut nicht weh, sei nicht traurig". Oh, man, das ist ja wohl auch das kleinste Übel. Mit viel Mühe versucht sie sich den Pulli wieder überzuziehen, was ziemlich witzig aussieht, zumal sie noch dabei angeschnallt ist.

Trotz der großen Sorge hatten wir noch ein wunderschönes Wochenende. Nun ist Moni wieder zur Ausbildung, mein Mann auf Arbeit und ich versuche seit Stunden diesen Hautarzt zu erreichen. Da muss doch mal einer an die Strippe gehen, wann arbeiten die denn? Nach zwei Stunden reicht es mir, ich quatsche auf seinen Anrufbeantworter und hoffe, dass er sich schnellstens zurückmeldet.

Die ganze letzte Woche war, wie so oft, grauenvoll. Ich konnte kaum schlafen, hatte immer und immer wieder diese Gedanken. Neue Leberflecken, die wachsen doch aber nicht plötzlich nach so kurzer Zeit? Das darf einfach nicht sein. Ich lag schweißgebadet im Bett und hatte Alpträume vom Feinsten. Wieder mein Kind, hört das denn nie auf? Habe mich so kraft- und machtlos gefühlt, musste immer wieder meine Tränen unterdrücken und die Achterbahn drehte fleissig ihre Runden in meinem Kopf, es ging auf und ab, auf und ab. Manchmal so schlimm, ich wusste nicht mehr wo oben und unten war, ich taumelte regelrecht durch den Tag und konnte keinen klaren Gedanken fassen. Egal wo ich war, egal was ich gerade gemacht habe, irgendwie war mir alles zu viel. Hatte mir drei Tage Urlaub gegönnt, musste mal durchatmen und mich versuchen mit Hausputz abzulenken. Vieles war die letzten Tage liegen geblieben, hatte einfach keine Nerven für irgendwas. Haufenweise Bügelwäsche, durch die Fenster konnte ich kaum noch durch sehen und die Schränke haben sich auch auf eine Aufräumaktion gefreut. Da lag schon alles kreuz und quer, den Rest hatte Kater Alf geschafft zu verunstalten. Es tat richtig gut, keinen sehen, keinen hören, nur ich, ich und der Hausputz. Selbst mein Mann hatte mich nicht gestört, er kam, wie so oft, sehr spät. Es hat sich gelohnt, bin etwas runtergekommen und die Wohnung sieht aus wie geleckt.

Ein Brief vom Hautarzt, der sollte mich doch zurückrufen? Aber egal, mal sehen was er schreibt. Nervös und mit zittrigen Händen reiße ich den Umschlag auf. Genau so, wie es Moni mir schon erklärt hatte. Zwei Leberflecken sollen entfernt werden und er braucht unsere Zustimmung, weil sie noch keine 18 Jahre alt ist. Das hätte ich liebend gerne mit ihm am Telefon geklärt. Er soll sich die „Dinger" doch nochmal anschauen. Er kann doch auch so ein Gel darauf schmieren, wie es der Arzt hier gemacht hat und nicht einfach festlegen, dass sie weg müssen. Wo bleibt nur mein Schatz? Er wollte heute mal pünktlich sein, jetzt, genau jetzt brauche ich ihn. Er kann mich immer beruhigen und runter holen. Die Zeit kommt mir ewig vor, das Essen ist inzwischen wieder kalt. Ich warte und warte, heule mir die Seele aus dem Leib. Ich kann nicht mehr denken. Warum immer mein Kind? Wie lange hält eine Mutter diesen Marathon aus, immer und immer wieder was Neues. Würde gerne mit ihr tauschen, ihr solche Sachen ersparen, sie hat es schon schwer genug im Leben. Ich höre den Schlüssel im Schloss und renne aufgelöst zur Tür. Beim ersten Blickkontakt kriege ich mich nicht mehr ein und mein Schatz nimmt mich, ohne zu fragen, in den Arm. Langsam komme ich zu mir. Zeige ihm, ohne ein Wort, den Brief. Er überfliegt ihn kurzerhand und legt fest, dass wir jetzt ein Termin in der Uniklinik machen. Auch er ist geschockt und hat die Nase langsam voll. Die sollen das Blut untersuchen und können so feststellen, ob im Körper irgendwo ein Krebs brodelt, erklärt er mir. Ja, er hat recht, nicht immer rum schnippeln an unserem Kind, wir lassen sie richtig untersuchen und dann wissen wir woran wir sind. Die Adresse holen wir uns von einem guten Bekannten, der schon viele Jahre mit Krebs zu kämpfen hat und bei einem sehr guten, erfahrenen Professor in Behandlung ist. Er hatte schon zwei Krebsarten besiegt und immer hieß es geheilt. Geheilt ja, drei Jahre später krabbelte dieses Vieh wieder in einer Ecke seines Körpers herum und alles ging von vorne los. Jetzt hat er sich Medikamente aus den USA kommen lassen und ein drittes Mal geht es bergauf mit ihm. Ein ganz toller und lebenslustiger Mensch, womit hat er das verdient? Er wird uns helfen, erst recht wenn er hört, dass es um unsere Tochter geht. Ich atme tief durch, wie immer habe ich ein bisschen Hoffnung und denke, dass doch wieder alles gut wird. Trotzdem kriege ich nach dieser Aufregung keinen Bissen mehr runter.

Ich schreibe dem Hautarzt, dass er keine Genehmigung von uns bekommt und wir uns anderweitig kümmern werden. Das wird ihm sicher nicht passen, aber egal, es geht um mein Kind - um unser Kind.

Schon ewig lange haben wir einen Gutschein für einen Rundflug über die Insel liegen. Heute wollen wir ihn endlich einlösen, bevor er verfällt. Mich kriegt da keiner rein, also fliegt mein Mann mit Moni alleine und ich darf von unten die Fotos schießen. Das Wetter ist traumhaft, wie bestellt für einen Inselrundflug. Die Sonne scheint, die Rapsfelder blühen strahlend gelb und kein Wölkchen am Himmel. Ein guter Bekannter kommt uns am Flugplatz-Eingang entgegen. Er begrüßt uns mit Handschlag und lädt uns ins Bistro zum Käffchen ein. Er erzählt, dass er heute Chefpilot ist und die große Maschine schon am Start hat. Ist doch gut das man die wichtigsten Leute, die man so braucht, kennt. Wir müssen uns nicht in die Warteschlange einreihen und ewig auf freie Plätze warten. Er nimmt die Beiden gleich mit auf die Rollbahn. Bis zum Abflug darf ich auch mit und kann mir das Gefährt mal etwas genauer ansehen. Ich glaube ein bisschen Bammel hat mein Mann auch, er wirkt sehr ruhig, wo er sonst nur am quasseln ist. Moni natürlich total relaxt, albert mit dem Piloten herum und steigt als Erste ein. Ihr geht es nicht schnell genug nach oben. Die anderen Beiden führen noch Männergespräche, begutachten den Flieger von allen Seiten. Ich verstehe von all dem Technikkram sowieso nichts, verschaffe mir selbst einen Eindruck und gucke mir das klapprige Etwas genauer an. Unter Moni ihrem Platz kann ich durch breite Schlitze im Boden den Asphalt der Landebahn sehen. Der Boden in dem Flieger, das sind nur ganz dünne Bleche. Bin mir nicht sicher, ob das so normal ist. Wenn ich im Auto sitze, sehe ich doch auch keine Straße. Ich frage den Piloten, der mir, bevor ich fertig gefragt habe, beruhigend auf die Schulter klopft mit dem Kommentar: „keine Angst, da passiert nichts, das ist völlig normal". Das kann ich mir aber nicht vorstellen. Mein Mann guckt etwas komisch und scheint immer blasser zu werden, aber er steigt trotzdem ein. Ich verabschiede mich von Beiden, winke überschwenglich und schon rollt der Flieger los. Ich glaube es nicht, das Ding klappert als würde jeden Moment diese Blechhülle in tausend Teile fallen. Die Tragflächen wackeln, obwohl es windstill ist. Die Maschine fährt wirklich los. Ich kann sehen wie Moni mir noch zuwinkt. Nach kurzem zurück winken suche ich mir ein Platz auf der Terrasse und bestelle mir einen doppelten Espresso, den brauche ich jetzt. Die fliegen echt, mit diesem, für mich total kaputten Ding, schön über mein Kopf hinweg. Ich schieße fix zwei Fotos, das muss reichen. Ich kann da gar nicht hochgucken, so was klappriges und diese Bodenplatte, die geht nicht mehr aus meinem Kopf. Bin nur froh, dass ich gleich gesagt habe, dass ich da nie einsteigen werde. Vor lauter Angst wäre ich bestimmt schon auf der Startbahn mit vollen Hosen wieder aus gestiegen. Kein Flieger ist mehr zu sehen und zu hören. Vor lauter Angst und Aufregung bestelle ich mir noch einen doppelten Espresso. Wobei ein anderer Doppelter in meinem Zustand angebrachter wäre. Nach gefühlten 30 Minuten nimmt der Flieger Kurs auf die Landebahn und mit quietschenden Reifen hält er direkt neben der Terrasse. Noch immer ziemlich blass steigt mein Mann als Erster aus. Er hat Schweißperlen auf der Stirn und ist sichtlich erleichtert, wieder festen Boden unter den Füssen zu haben. Moni untersucht noch die tausend Knöpfe im Cockpit und beschäftigt mit ihren vielen Fragen den Piloten. Jetzt schreit mein Mann nach Espresso, ich glaube er muss das nicht noch mal haben. Na egal, Moni hat es gefallen, der Gutschein verfällt nicht und wir können wieder los.

Moni hat ein paar Tage Urlaub und bleibt die ganze Woche zu Hause. Meistens fährt sie irgendwo hin und besucht gehörlose Kumpels. Aber diesmal geht das nicht, wir haben Termine abzuarbeiten. Ich gucke mir noch mal ihren Finger an, da wo der Arzt rum schnippeln wollte, kann aber nichts mehr finden. Wir untersuchen beide die linke Hand, die rechte Hand, nirgendwo am kleinen Finger ist ein Leberfleck. Also hatte ich Recht, es war doch eine kleine Blutblase. Ich fasse es nicht, der Typ will Arzt sein, der kann nicht mal eine Blutblase von einem Leberfleck unterscheiden. Wie kann er einfach so eine Diagnose stellen, uns Eltern verrückt machen und dann einfach alles raus schneiden wollen. Ich kann es nicht glauben. Wieviel hat dieser Arzt schon operiert, obwohl die Leute nichts hatten? So einer dürfte nicht mehr praktizieren und auf Menschen losgelassen werden. Ich erkläre Moni, dass sie nie wieder zu diesem Arzt gehen soll. Sie schüttelt verständnisvoll den Kopf, ist geplättet, dass da gar nichts mehr zu sehen ist. Hoch und heilig verspricht sie mir, nie wieder diesen Pfuscher zu konsultieren.

Mal sehen was die Ärzte hier in der Uni sagen? Etwas mulmig ist mir, will mich aber nicht wieder verrückt machen und denke an tausend andere Sachen. Typisch Moni, sie zeigt mir, dass doch alles in Ordnung ist und wir nicht hier rein müssen. Auch wenn das Eine nur eine Blutblase war, wir lassen sie jetzt durchchecken und dann wissen wir was los ist. Habe keine Lust, alle halbe Jahre erneut vor diesem Problem zu stehen und mich fix und fertig zu machen.

Ein ganz netter, hübscher und ziemlich junger Arzt ruft uns ins Sprechzimmer. Kurz erklärt mein Mann ihm, worum es geht und dass wir uns große Sorgen machen. Er versucht uns mit liebevollen Worten, diese Sorge zu nehmen und bittet Moni ins Nachbarzimmer. Dort guckt er sich den großen Leberfleck auf dem Rücken an und meint, dass er nicht wächst und ganz normal aussieht. Dann nimmt eine Schwester ihr noch Blut ab und macht ein Komplettfoto von ihrem Körper. Der Arzt erklärt uns, dass er Moni alle halbe Jahre sehen will, um die vielen Leberflecken unter Kontrolle zu behalten. Das Laborergebnis vom Blut will er uns dann telefonisch mitteilen. Er gibt uns einen Termin in sechs Monaten und schon sind wir entlassen.

Das war mal ein netter Arztbesuch. Dieser Doc hat so eine Ruhe ausgestrahlt und durch seine sanfte Redensart hat er uns echt die Sorgen genommen. Moni ist auch froh dass wir fertig sind und will nur nach Hause. Sie ist ganz hippelig, morgen gehts nämlich mit dem Bus ins Euro Disney Land Paris und wir müssen noch die Koffer packen.

Endlich Urlaub, nach der ganzen Aufregung haben wir uns das auch mal wieder redlich verdient. Obwohl ich nach Polen und London nie wieder so eine Busfahrt machen wollte, habe ich mich überreden lassen. Diesmal sind es sogar 18 Stunden Busfahrt. Aber ehrlich gesagt, werden wir nie wieder so günstig dort hinkommen. Mein Chef ist wirklich ein ganz Netter und wir brauchen nur für die Unkosten aufzukommen. Mein Bruder und Neffe kommen auch mit, die schlafen heute bei uns, weil wir früh 4 Uhr schon los fahren. Sie hatten eine Stunde vor der Haustür gewartet obwohl sie wussten, dass wir unterwegs sind und erst am späten Nachmittag wieder zu Hause sind. Na ja, da sind sie selbst schuld.

Moni und mein Neffe verkriechen sich gleich ins Kinderzimmer, gucken sich ganz aufgeregt die vielen Donald-Hefte an und freuen sich, diese Figuren bald im Original zu sehen. Die sind beide so aufgeregt und wollen nicht mal Abendbrot essen. Viel Hunger habe ich auch nicht, bin genauso aufgeregt und hoffe, dass ich die lange Busfahrt so einigermaßen überstehe.

Ich kann mich kaum noch bewegen, kann nicht mehr sitzen und alle Knochen tun weh. Ich fühle mich plötzlich als wäre ich 80 Jahre alt und gehbehindert. Dazu dieser Schweißgeruch im Bus, jeder muffelt anders, mir ist ganz übel davon. Die Kinder haben in den 18 Stunden Busfahrt, kein Auge zu bekommen. Die meiste Zeit haben sie herumgetobt und uns Erwachsenen geärgert. Ich glaube zwölf Kinder sind mit im Bus, alle Altersgruppen. Sie hatten natürlich ihren Spaß. Keiner hat herum gemault oder hat sich gelangweilt. Wir Erwachsenen haben versucht etwas zu schlafen, was bei dem Lärm allerdings unmöglich war. Die 18 Stunden, natürlich mit Pausen, waren wie im Brutkasten, obwohl die Klimaanlage lief, es war kaum zu ertragen. Wenn ich an die Rückfahrt denke, grault es mir jetzt schon. Aber egal, wir stehen jetzt vor dem Disney Park, alle Schmerzen sind auf einmal vergessen und ab geht es in die Märchenwelt.

Ist das cool, eine bestimmt 500 Meter lange horizontale Rolltreppe führt uns direkt zum Eingang. Das finden die Kinds witzig, rennen immer wieder zurück, um nochmal mit dem Ding zu fahren. Die Eintrittskarten hat der Busfahrer schon im Vorfeld organisiert und uns in die Hand gedrückt. Von den 50 Leuten die mit im Bus waren, ist plötzlich keiner mehr zu sehen. In alle Richtungen sind sie ausgeschwärmt. Wir holen uns an der Information erst einmal einen Plan, wollen schließlich so viel wie möglich mitnehmen und nicht unnötig Zeit mit suchen vergeuden. Moni drängelt, sie will den Plan studieren und uns herumführen. Klar, mein Neffe will auch einen Plan und schon geht das Dilemma los.

Eine echte Traumwelt, wohin man guckt, nicht nur für Kinder. Micky, Mini und Goofy rennen am Eingang herum. Sie sperren die Straße ab, denn gleich beginnt die große Parade. Wir haben damit zu tun, Moni und meinen Neffen zurückzuhalten, bevor sie in der Menschenmenge verloren gehen. Überall diese Märchenfiguren in Menschengröße. Ich komme mir wie verzaubert vor, wie in einem richtigen Märchen und alle Sorgen sind vergessen.

Die Augen von den Kindern werden immer größer. Jede Attraktion wollen sie mitnehmen, was zeitlich natürlich unmöglich ist. Überall stehen wir gefühlte zwanzig Minuten an, bis die Kinder endlich in einem Fahrgeschäft sitzen. Das wirkt sich nicht nur auf unsere Stimmung aus, auch die beiden Kids werden langsam zickig und ungemütlich. Die ersten drei Stunden im Park und der Hunger ruft. Fußlahm sind wir auch schon und so stürmen wir ins Mc-Donalds Restaurant. Die ganze Fahrt haben wir uns nur von Wurst und Kaffee ernährt, jetzt freuen wir uns auf Pommes und Co. Selbst das ist für uns was Neues, das erste Mal Burger und Erdbeere-Milchshake. Mein Neffe sammelt alles ein was er greifen kann. Von Servietten über Strohhalme bis hin zu den leeren voll gesifften Pappboxen, Hauptsache das Logo ist drauf. Moni lacht sich kaputt, zeigt ihm dass das Müll ist und er alles hier lassen soll. Nein, für ihn ist das Zeug wertvoll und alles muss mit. Mein Bruder ist sichtlich genervt, er muss das ganze Zeug schleppen und mault herum.

Knapp ein Drittel haben wir von dieser traumhaften Märchenwelt gesehen und sind nach acht Stunden völlig am Ende. Die Kinder knurrig, maulig und übermüdet, wollen immer weiter und alle Attraktionen mitnehmen. Aber uns reicht es und mit viel Mühe können wir sie beide überreden, zum Hotel zu gehen. Wir versprechen ihnen, dass wir irgendwann noch mal herfahren und mindestens eine Woche bleiben. So lange braucht man schon, um wirklich alles in Ruhe zu erkunden und auszuprobieren.

Nach 15 Gehminuten in dem kleinen, liebevoll eingerichteten Hotel angekommen, treffen wir andere aus unserer Reisegruppe. Die sind ohne Kinder hier und haben Paris auf eigene Faust erkundet. Im gemütlichen Innenhof lassen sie den Tag bei einer

Flasche Wein ausklingen. Wir sind vom Parkerlebnis so kaputt und verziehen uns gleich auf die Zimmer.

Die Betten waren so kuschelig, wir haben geschlafen wie die Götter. Noch immer in dieser Traumwelt, die uns quasi verzaubert hat, treffen wir uns im Restaurant zum Frühstück. Nicht alle, mein Bruder und Neffe pennen wohl noch. Dann müssen sie wohl die Reste essen, Pech gehabt! Echte französische Croissants und Marmelade, das ist lecker. Das erste Mal im Leben esse ich Croissants. Selbst Moni schmecken die Dinger, sie mag so süßes Zeug sonst nicht, zieht eher herzhaftere Sachen vor.

Nach dem ausgiebigen und vorzüglichen Frühstück versammeln wir uns am Bus. Heute ist Stadtrundfahrt angesagt, quer durch Paris und abends noch eine Schiffsfahrt auf der Seine. Alle da, nur mein Bruder und mein Neffe fehlen noch immer. Endlich, da kommen sie. Mein Bruder total gestresst und der Kleine am herumbrüllen. Er kriegt sich einfach nicht mehr ein. „Was ist passiert"?, frage ich ihn. „Was ganz Schlimmes", sagt mein Bruder und verdreht die Augen. Als die beiden irgendwann zum Frühstück sind, wurden die Zimmer gereinigt und das ganze Gedöns von Mc-Donalds ist im großen Müllcontainer gelandet. Verstehe, Weltuntergang und der Tag ist für Beide gelaufen. Ich versuche den kleinen Fratz zu beruhigen, aber selbst ich kriege das nicht hin, was sonst eigentlich immer klappt. Ich erkläre Moni, warum der Kleine so ein Theater macht. War klar, sie lacht sich kaputt, zeigt ihm, dass das alles Müll war. Nein, er gibt keine Ruhe, will diesen ganzen Müll zurück. Also heute Abend wieder zu Mc-Donalds und alles einsammeln, was wir in die Hände kriegen, da sind wir doch dabei.

Heiße Diskussionen dann vor dem berühmten Eifelturm. Einige wollen hoch sprinten, Andere wollen mit dem Fahrstuhl fahren. Würde auch gern mit dem Fahrstuhl hoch, aber da stehen die Leute in 5-er Reihe an. Die Zeit ist zu schade zum warten und darum auf geht's nach oben. Stufe für Stufe, 347 Stufen bis zur ersten Plattform. Ich bin schon nach den ersten 80 Stufen platt wie eine „Flunder". Dann das Gedrängel und Geschupse von den Leuten die runter wollen. Manche machen dumme Sprüche, Andere sind volltrunken und brauchen die ganze Treppenbreite für sich. Es nervt, so was macht kein Spaß. Die Kinder fangen an herum zu wettern, sie wollen den Fahrstuhl nehmen. Jetzt gehen wir ja wohl nicht zurück, Augen zu und durch.

Endlich, die erste Plattform ist erreicht. Keine Puste mehr, die Kehle ausgetrocknet und die Beine wie Gummi, ich bin am Ende. Zum Glück gibt es hier ein Kiosk und der wird sofort gestürmt. Das tut gut, es zischt und ich spüre wie sich das kalte Etwas in meinem ausgetrockneten Körper verteilt. Einige wollen noch weiter hoch auf die zweite Plattform, aber nicht mit uns. Die Aussicht ist bestimmt noch schöner, aber das schaffe ich nicht mehr. Von hier hat man auch einen schönen Rundblick und kann Paris von oben sehen, traumhaft. Langsam wird es eng, immer mehr Menschen drängen sich an die Geländer, wollen den Blick genießen und fangen an zu schupsen. Wir haben genug gesehen und ab gehts Richtung Erde. Jetzt, wo wir uns vom Aufstieg erholt haben, sind wir diejenigen, die beim Abstieg große Sprüche klopfen und den Neuankömmlingen gute Ratschläge mit auf dem Weg geben. Moni mault herum, sie wollte noch höher und macht ein auf eingeschnappt. Ich erkläre ihr, dass wir nicht so viel Zeit haben. Dass wir was essen gehen und dann die Seine-Fahrt machen wollen. Geschafft, sie versteht es und versucht meinen Neffen, der ebenfalls zickig ist, warum auch immer, zu beruhigen. Endlich, alle wieder bei Sinnen und auf zu Mc-Donalds. Alles was ein Logo hat wird eingesammelt, haben wir dem kleinen Kerl versprochen. Wir machen uns einen Spaß daraus und alles Greifbare fliegt in die mitgebrachten Plastiktüten. Moni ist voll in ihrem Element, sammelt alles ein was auf den Tischen liegen geblieben ist. Der kleine Mann freut sich, strahlt übers ganze Gesicht und rennt mit den zwei vollen Tüten los. Wir finden es lustig, mein Bruder nicht, was verständlich ist.

Wieder im Hotelzimmer höre ich von nebenan gleich lautes Geschrei. Ich zeige Moni, dass wir beide mal rüber gehen und gucken. Sie poltert mit Händen und Füssen an die Tür. Völlig gestresst lässt mein Bruder uns rein. Der Kleine, schon knallrot vor lauter Schreien, will alles in seinen Koffer verstauen, damit die Reinigungsfrauen das gar nicht erst zu Gesicht bekommen. Klar, dass mein Bruder da nicht mitspielt, sind schließlich zwei große Tüten voll und damit ist der Koffer schon halb gefüllt. Ich finde es lustig und bin froh, dass nicht Moni auf so eine verrückte Idee gekommen ist. Also mischen wir uns hier nicht weiter ein, verziehen uns und warten ab, wer von Beiden diesen Kampf gewinnt.

Paris war wirklich eine Traumreise, abgesehen von der langen Fahrt. Selbst ich konnte mal alles um mich herum vergessen, konnte neue Kraft sammeln. Die Schiffsfahrt auf der Seine war, wie alles andere, ein unvergessliches Erlebnis. Wir haben ganz tolle Menschen kennengelernt, die ticken einfach anders als bei uns. Sie sind stolz auf ihr Land, sie feiern es wie einen Gott und alles ist so friedlich. Was wir Anfangs nicht wussten, in Frankreich war Nationalfeiertag. Darum hatten sich tausende Menschen am Ufer der Seine versammelt. Sie haben gefeiert, gesungen, sich umarmt und gedrückt. Das werden wir so schnell nicht vergessen.

Der Alltag hat uns längs wieder ein und alles läuft wie gehabt. Gestern nachmittag, mein Mann und ich, wir saßen gerade beim Kaffee, als das Telefon bimmelte. Der nette, hübsche Arzt aus der Uniklinik war am anderen Ende. Er sagte, dass das Laborergebnis vom Blut da ist und alle Werte im Normalbereich liegen. Auch die Bilder mit den Leberflecken hat er sich noch einmal angesehen und keine Auffälligkeiten gefunden. Also alles in Ordnung, wir brauchen uns keine Sorgen machen und sehen uns in sechs Monaten wieder. Haben wir uns beide gefreut, ich kann es gar nicht beschreiben. Am liebsten wäre ich raus gerannt und hätte es in die Welt geschrien, solche Glücksgefühle hatte ich. Es tut so gut, auch mal etwas Positives von einem Arzt zu hören, vor allem, wenn es um die Gesundheit unserer Tochter geht. Das gibt mir so viel Kraft und Power und lässt mich viel Geschehenes vergessen. Ich gucke wieder positiver in die Zukunft und muss mir wegen dieser vielen Leberflecken vorerst keine Gedanken machen.

Moni kommt gerade zur Tür herein, gebärdet und gebärdet, ich verstehe kein Wort. Zeige ihr, sie soll mal runter kommen und es mir langsam, Stück für Stück, erklären, was passiert ist. Jetzt verstehe ich, nichts ist passiert, sie ist einfach verrückt. Ja, mein Kind ist verrückt. Nicht genug dass sie die Ausbildung macht und gleichzeitig noch die Englischstunden für ihren Realschulabschluss nachholt. Jetzt hat sie sich auch noch für die Fahrschule angemeldet. Sie will so schnell wie möglich den Führerschein machen. Sie hat eine Fahrschule gefunden, die auf Gehörlose spezialisiert ist. Ich erkläre ihr, dass das nicht wegläuft, sie soll sich doch auf ihre Ausbildung und den Schulabschluss konzentrieren, da hat sie genug zu lernen und das ist viel wichtiger. Wie immer winkt sie ab, „ich mach das schon, keine Sorge" ihre Antwort. Typisch Moni, alles auf einmal und am Ende schafft sie es auch. Ich bin so stolz - wir sind so stolz auf unser Kind. Was sie sich in den Kopf setzt, das zieht sie durch. Ich ziehe echt den Hut vor ihr. Ja, ich ziehe den Hut vor meinem Kind. Wo nimmt sie bloß diese Kraft her? Sie hat im Alltag doch genug Hürden zu bewältigen, vor allem wenn es um Behörden und Ämter geht. Überall kämpft sie sich alleine durch. Klopft auch mal auf den Tisch und wartet bis sie das kriegt was sie will und was ihr zusteht, auch wenn es Stunden dauert. Ich erkläre ihr, dass die Uniklinik angerufen hat und alles in Ordnung ist. Frech grinsend zeigt sie mir, „habe ich doch gewusst".

Heute waren wir den ganzen Tag im Garten und haben herumgewühlt, mussten mal wieder klar Schiff machen. Das Unkraut meterhoch und der Rest vertrocknet. Wir hatten die letzten Wochen kaum Zeit und wenn, dann keine Lust oder keine Nerven. Jetzt sind wir beide „Plattfisch" und liegen zeitig im Bett. War klar, das Telefon bimmelt, nichts mit Ruhe und schlafen. Mein Mann rührt sich nicht, also raffe ich mich wieder hoch und taumele im Dunklen zum Telefon. Am anderen Ende der Leitung Moni ihr Betreuer aus dem Internat, ihr Lieblingsbetreuer. Ich kriege gleich weiche Knie und fange an zu zittern. Um diese Uhrzeit, ein Anruf aus dem Internat, das kann nichts Gutes heißen. Er entschuldigt sich, dass er noch so spät stören muss, aber es sei wichtig. Jetzt spitzt mein Mann doch die Ohren, obwohl er gerade noch am schnarchen war. Ich stelle auf laut und höre gespannt zu, was er zu sagen hat. Das gibt es nicht, Moni wurde beim Klauen erwischt. Soll ich jetzt lachen oder weinen? Bin doch im Stillen froh, dass man sie erwischt hat. Das kann ich aber dem Betreuer nicht verklickern, was hätte der für ein Eindruck von mir. Ich halte mir den Mund zu, damit er nicht das heimliche Lachen durch die Strippe hört. Monis Lieblingsbetreuer, er ist so enttäuscht und hätte ihr so was nie zugetraut. Na ja, wir doch auch nicht! Sie hängt letzte Zeit mit einem Mädel herum, die keinen guten Eindruck bei uns hinterlassen hat. Der Betreuer erzählt, genau mit diesem Mädel war sie unterwegs und hat alles doppelt und dreifach in ihren Rucksack verstaut. Eigentlich nur Blödsinn! Haarwäsche, Kekse, Buntstifte. An der Kasse hat sie dann noch zwei kleine Feiglinge genommen und diese ordnungsgemäß bezahlt. Aber zu spät, da wurde sie schon vom Personal festgehalten. Das andere Mädchen war sofort geflüchtet und hat Moni alleine zurückgelassen. Dann kam die Polizei, der Betreuer wurde geholt und jetzt hat sie ein Jahr Hausverbot. Sie musste zur Bank, von ihrem eigenen Konto die geklaute Ware und die Strafe bezahlen. Ich bedanke mich bei dem Betreuer, verspreche ihm, am Wochenende mit Moni zu reden, so geht das schließlich nicht und habe dann schnell den Hörer aufgelegt. Jetzt muss ich doch lauthals lachen! Hurra, mein Kind ist erwischt worden! Das hätte doch nicht besser laufen können. Mein Mann, vor Schreck hellwach, krümmt sich im Bett vor Lachen. Wir freuen uns schon beide darauf, wenn Moni nach Hause kommt und uns ihre Ausreden vertickert. Sind gespannt wie ihre Version klingt. Hoffentlich zeigt sie diesem Mädel die „kalte Schulter", erst anstiften, dann abhauen, das ist keine Freundin. War klar, Kater Alf hat die Situation ausgenutzt und liegt in meinem Bett, in der letzten Ecke am Fussende. Er denkt wohl dass ich das nicht merke, aber falsch gedacht. Ich ziehe mit einem Ruck die Bettdecke weg und er fliegt mit einem Satz raus. Habe noch nicht ganz meine Schlafposition eingenommen, da scheppert es lautstark. War das jetzt bei uns oder draußen? Kriege das Geräusch nicht so ganz sortiert. Ich stupse meinen Mann an, frage ihn, ob er was gehört hat. Logisch, er hat nichts gehört. Ich quäle mich wieder aus dem Bett, schalte überall Licht an und höre schon den Kater miauen. Na super, ganz toll mein lieber Kater. Nach dem Rauswurf aus meinem Bett, hat er das Fensterbrett in der Küche in Beschlag genommen. Er hat es geschafft, den ersten

Blumentopf zu Fall zu bringen. Überall klettert er rein und rauf, kann nicht hoch genug sein. Bisher hat er nichts kaputt gekriegt, ist wirklich ein ganz Lieber. Naja, bis heute. Er guckt mich mit seinen Kulleraugen so süß an und wartet, dass ich schimpfe. Ich kann es nicht, kann ja mal passieren. Schnell die Scherben und die matschige Erde zusammengefegt und der Schaden ist behoben. Er schnurrt und kuschelt an meinem Rücken. Es fühlt sich an wie eine Entschuldigung, einfach süß. Jetzt habe ich aber wirklich genug, nochmal stehe ich bestimmt nicht auf, bin hundemüde und will nur noch schlafen.

Moni steht in der Tür, Klamotten im Flur abgeladen und entschuldigt sich gleich wegen der Klau-Aktion. Mein Mann kriegt sich vor Lachen nicht mehr ein, aber gibt kein Kommentar ab. Ich zeige ihr, „nicht schlimm, hast ja deine Strafe bekommen". Damit hatte sie nicht gerechnet, ist ihr wohl ziemlich peinlich die ganze Aktion. Natürlich will sie mir das ganz genau erzählen, wie es überhaupt dazu kam. Ja, klar, ich weiß, das wird Stunden in Anspruch nehmen, aber neugierig bin ich auch, will es gern von ihr hören. Sie fängt an zu erzählen, ich kann mich kaum noch halten vor Lachen. Wie schon erwartet hat dieses Mädel sie angestiftet, was natürlich keine Entschuldigung ist, eher Dummheit. Da waren keine Kameras zu sehen, auch kein Personal, sie hat immer wieder in alle Richtungen geguckt und hat sich sicher gefühlt. Damit es nicht auffällt, hat sie dann an der Kasse die kleinen Schnapsfläschchen gekauft. Plötzlich zerrte jemand an ihren Arm, sie wollte noch wegrennen, hat es aber nicht geschafft. Sie musste mit ins Büro, den ganzen Müll aus dem Rucksack packen und dann kam schon die Polizei. Die wollten ihre Eltern holen, was ja nicht ging, also wurde der Betreuer gerufen. Das war ihr so was von peinlich, ihr Lieblingsbetreuer, dem, dem sie alles anvertrauen konnte. Sie hat bitterlich geweint, weil sie sich für diese bescheuerte Aktion geschämt hat. Am Schlimmsten war für sie, dass sie Geld von ihrem Konto holen musste. Sie sitzt doch wie eine „Glucke" drauf und ist immer fleissig am Sparen. Ihr war das alles so unangenehm, verspricht mir, nie wieder im Leben was zu klauen. Mit diesem Mädchen will sie auch nichts mehr zu tun haben, die war an der ganzen Sache Schuld und macht ständig so etwas. Ich erkläre ihr, dass ich nicht sauer bin, dass sie hoffentlich daraus gelernt hat und nie wieder die Polizei wegen so einem Mist kommen muss. Ich glaube sie ist erleichtert, dass wir nicht auch noch gemeckert haben. Auch wenn wir froh sind, dass Moni so ein Vertrauen zu uns hat, bekommt sie das Geld für ihre Dummheit nicht von uns zurück. Da soll sie ruhig mal „bluten", Strafe muss eben sein.

Heute ist wieder in der Uniklinik Leberfleck-Kontrolle angesagt. Der Arzt meint dass alles gut aussieht, es hat sich nichts verändert und es reicht, wenn Moni sich ab sofort einmal im Jahr vorstellt. Das sind doch gute Nachrichten, ich kann wieder aufatmen, bin heilfroh und glücklich und erkläre es Moni. Auch ihr fällt, so wie es aussieht, ein Stein vom Herzen. Hat sie sich also doch Gedanken gemacht, auch wenn sie immer so cool tut. Sie fährt nicht mit uns zurück, nimmt den nächsten Zug zur Nordsee und will unterwegs für ihre theoretische Fahrprüfung lernen. Ich zeige ihr, dass sie vor lauter pauken nicht vergessen soll auszusteigen, sonst landet sie in Dänemark. Sie schüttelt den Kopf, zeigt mir, dass ich bescheuert bin und ich soll mir kein Kopf machen. Ja, ja, ich weiß, ich hör schon auf, mein Kind schafft das, wie auch immer.

Meine Schwägerin ruft ganz aufgelöst an. Sie wartet schon seit zwei Stunden auf Moni. Sie muss zur Arbeit und kann nicht länger warten. Eigentlich war mit Moni abgesprochen, dass sie dieses Wochenende dort hinfährt. Meine Schwägerin geht abends ab und zu kellnern und Moni soll heute auf die Nichte, also ihre Cousine, aufpassen. Verstehe ich auch nicht, eigentlich ist Verlass auf sie, auch wenn sie nicht gerade die Pünktlichste ist. Ich verspreche ihr, mich zu kümmern und melde mich gleich zurück. Ein wenig Sorgen mache ich mir, erzähle es gleich meinem Mann und der ruft im Internat an. Dort kann niemand sagen wo Moni steckt. Die Kinder müssen sich nur in eine Liste eintragen, wenn sie am Wochenende im Internat bleiben, wegen den Mahlzeiten. Wenn sie nach Hause fahren, dann müssen sie sich nicht abmelden. Was soll das denn? Sie ist noch keine 18 Jahre und niemand kann uns sagen wo unser Kind steckt. Der Internatsleiter meint, er würde sich kümmern und zurückrufen. Ich erkläre es meiner Schwägerin, sie kann nicht warten und muss los zur Arbeit. Sie schreibt für Moni einen Zettel, so dass sie sich bei der Nachbarin melden soll und dort das Babyphon abholen kann. Ich rege mich gerade wieder auf, kriege Herzrasen. Mein Schädel brummt und die Achterbahn fängt, wie so oft, ihre Runden zu drehen. Keiner kann uns sagen wo unser Kind steckt, ich fasse es einfach nicht. Der Internatsleiter ruft zurück. Er hat andere Kinder gefragt und die hatten Moni pünktlich auf dem Bahnsteig gesehen. Dort hat sie wohl noch erzählt, dass sie nur bis zu ihrer Cousine fährt, mehr wussten die aber nicht. Also ist sie doch in den richtigen Zug gestiegen, aber bisher nicht angekommen. Was jetzt? Wo können wir bloß nachfragen? Können sie nicht einfach anrufen? Sie ist doch gehörlos. Bei der Polizei fragen? Vielleicht ist auf der Strecke was passiert und der Zug kommt nicht weiter. Mein Mann ruft bei der Polizei an, aber da ist nichts bekannt. Wir sollen uns an die Bahnpolizei wenden und eine Fahndung ausrufen lassen. Sie selbst würden erst nach 24 Stunden aktiv werden. Eine gute Idee, aber was hat Moni heute für Sachen an? Wir wissen es nicht. Die Bahnpolizei braucht ein paar Infos, die wir aber nicht liefern können. Als mein Mann dann noch erklärt, dass unser Kind gehörlos ist, da ist alles zu spät. Da sagen die doch glatt: „Gehörlos, dann können wir sie nicht ausrufen, wir können ihnen leider nicht helfen". Wie bitte? Gibt es so was? Unser Kind ist weg und die Bahnpolizei lehnt jede Hilfe ab, nur weil sie gehörlos ist, ich drehe durch. Mein Kopf platzt gleich, mein Herz rast wie verrückt, es rast schneller als die Achterbahn. Ich zittere an Händen und Füssen, kann nicht mehr denken. Kann nicht mal ein Glas Wasser trinken, alles landet auf dem Fussboden. In meinem Kopf spielen sich die verrücktesten Gedanken ab. Passiert das wirklich gerade, oder spiele ich die

Hauptrolle in einem Horrorfilm. Vielleicht liegt sie irgendwo schwer verletzt, kann nicht um Hilfe rufen.

Das Telefon steht nicht mehr still, abwechselnd das Internat, meine Schwägerin und die Polizei. Andauernd ruft einer zurück, aber noch immer kein Lebenszeichen von unserem Kind. Panische Angst verfolgt mich. Ganz sicher ist sie in Schwierigkeiten. Kann uns nicht erreichen, kann sich anderen nicht mitteilen. Wieder die Schwägerin am Apparat. Aufatmen! Moni ist da, liegt auf der Couch und schläft. Ich verstehe nur Bahnhof, sage ihr aber, dass ich gleich zurückrufe. Ich heule wie ein Schlosshund, kann nicht mehr aufhören, diesmal vor Freude, mein Kind ist wieder da. Melde mich gleich bei der Polizei und erkläre ihnen dass die Fahndung eingestellt werden kann, wenn sie überhaupt schon etwas unternommen haben. Jetzt brauche ich einen starken Kaffee, ich muss wieder runterkommen und mich beruhigen. Plötzlich Stille, um mich herum einfach nur Stille, als wäre ich gehörlos. Selbst die Achterbahn in meinem Kopf scheint still zu stehen. Nichts dreht sich mehr und es fühlt sich so gut an. Langsam komme ich zu mir, kann wieder denken. Hole mir die 5. Packung Tempotücher und wische mein total verheultes Gesicht trocken. Ich nehme den Hörer und rufe meine Schwägerin an. Sie erklärt mir in aller Ruhe, dass Moni einen Zug später losgefahren sei, weil sie sich auf dem Bahnhof mit anderen Gehörlosen, wie so oft, verquatscht hat. Ist dann aber gleich zu ihr nach Hause. Als sie in die Wohnung kam, sie hat bereits ein Haustürschlüssel, ist durch den Windzug der Zettel runter geweht. Moni dachte, dass meine Schwägerin gleich wiederkommt und hat sich auf die

Couch gepackt, natürlich ohne sich bei der Nachbarin zu melden, warum auch? Ende gut, alles gut! Keiner war Schuld, keiner hat Schaden genommen, es war alles ein bisschen schief gelaufen. Die ganze Aufregung umsonst und ich stinke sauer auf die Polizei. Darf man sich so was gefallen lassen? Ach egal, ich habe keine Kraft mehr, bin heilfroh, dass es meinem Kind gut geht und nichts passiert ist.

Endlich, Moni kommt mal wieder nach Hause, ich kann es kaum erwarten, nach sechs langen Wochen. Sie hatte heute ihre theoretische Fahrschulprüfung, bin neugierig ob sie die geschafft hat. Den Realschulabschluss hatte sie letzte Woche schon gemacht und mit „gut" abgeschlossen. Jetzt hat sie ein richtiges Zeugnis bekommen, als hätte sie den Abschluss in der Schule gemacht. Also war unsere Entscheidung damals doch richtig, sie nicht zurück zu versetzen, nur wegen diesen blöden Englischstunden.

Das Telefon bimmelt, ich höre nur ein dumpfes „Mama" und rufe „Hallo" in den Hörer, aber keine Antwort. Was ist das? Ist das Moni? Es klingt auf jeden Fall so. Aber wieso ruft sie an? Sie weiß, dass ich nichts verstehe, außer wenn sie vor mir steht. Mit zittrigen Händen drücke ich den Hörer ganz fest an mein Ohr. Ich horche weiter in der Hörer, kann im Hintergrund Leute reden hören und das quietschen einer Bahn. Was soll das? Steht sie irgendwo auf dem Bahnsteig und kommt nicht weiter? Bin gleich wieder außer mir, was soll ich davon halten? Sie hat aufgelegt, nur noch tuten zu hören. Viel passiert sein kann nicht, sie war selbst am Telefon. Aber wenn sie ein Problem hat, warum bittet sie nicht fremde Leute uns zu informieren? Sonst weiß sie sich auch immer zu helfen. Ich verstehe nichts, verfalle zeitgleich in Panik und renne in die Küche. Erzähle es meinem Mann. „Ja und was nun, wo ist sie denn?". Was sollen wir jetzt machen, wir sind beide ratlos und mal wieder überfordert. Hoffen natürlich wie immer, dass nichts passiert ist. Eigentlich müsste sie in 30 Minuten hier sein. Von wo hat sie bloß angerufen, was wollte sie uns mitteilen? Mein Mann zieht sich an, fährt zum Bahnhof und will gucken ob sie da ist. Wie so oft sitze ich und warte. Bin fix und fertig, kann nicht mehr denken. Ich zittere am ganzen Körper und bin schweißgebadet. Sogar das atmen fällt mir schwer, als würde sich mein Brustkorb zuschnüren. Plötzlich knallt die Tür ins Schloss und Moni steht vor mir. Sie lacht sich eins ins Fäustchen und meint, dass sie uns auch mal anrufen wollte, drückt mich und wischt meine Tränen mit der Hand ab. Mein Mann im Hintergrund, verdreht nur die Augen und zeigt mir hinter ihrem Rücken, dass ich nicht schimpfen soll.

Ok, schimpfen bringt ja nichts, aber eine deftige Predigt bekommt sie von mir. Schließlich bringt sie uns mit solchen Aktionen auf „180", ich kann so was nicht mehr gebrauchen. Mein Körper fühlt sich, von diesen vielen Aktionen, wie ausgelaugt an. Ich erkläre ihr, dass wir uns Sorgen machen. Wir können nicht wissen was los ist und denken an was Schlimmes. Wie immer versteht sie es nicht oder will es nicht. Sie winkt ab und das typische „ist nichts passiert". Sie hat nur Bescheid sagen wollen, dass sie gleich da ist. Oh man, mein Kind, hat immer wieder neue Ideen, um mich

„kopflos" zu machen. Dabei meint sie es ja nur gut, will sein wie jedes normale Kind, ich kann sie verstehen. Im gleichen Atemzug erzählt sie, dass sie ihre theoretische Prüfung mit nur zwei Fehlern bestanden hat. Ich bin platt, das gibt es nicht, sie hat es geschafft und mit geschwollener Brust steht sie grinsend vor mir. Mein zittern lässt plötzlich nach und die Tränendrüsen sind leer. Wir liegen uns in den Armen und ich drücke sie ganz fest an meinen Körper. Ich bin so unendlich stolz auf mein Kind. Auch wenn sie meine Nerven bis aufs äußerste strapaziert, mein Kind ist einmalig.

Bei so einer Prüfung ist es schon für Hörende schwer die komplizierten Fragen zu verstehen, wie schwer ist es dann wohl für Gehörlose? Sind doch die gleichen Fragen und Antworten und sie hat es geschafft, gleich beim ersten Mal. Dann wird auch die praktische Prüfung kein Problem, da mache ich mir erst gar keine Gedanken. Mein Kind, manchmal wünschte ich auch gehörlos zu sein. In so einer Ruhe zu leben, ohne die vielen Einflüsse von Außen. Einfach nur leben, ohne sich sorgen zu müssen und das zu tun, was man gerade möchte. Aber es gibt in ihrer Welt auch die Kehrseite. Die vielen Hürden, wenn andere Leute sie nicht verstehen, nicht wollen oder nicht können. Solche Situationen gibt es zur Genüge, aber selbst die nimmt Moni locker hin und beißt sich mit allen Kräften durch. Teilweise macht es ihr sogar Spaß, den Leuten zu zeigen, dass sie alles erreichen kann, wenn sie kämpft. Wenn sie sich nicht einfach abwimmeln lässt und so lange diskutiert, bis ihr gegenüber aufgibt. Dann kommt sie voller

Stolz und berichtet wie bescheuert die hörenden Menschen doch manchmal sind. Wo ich ihr Recht geben muss.

Selbst im Zug bei ihren Heimfahrten hat sie den Dreh raus. Das Geld für zwei Fahrten im Monat bekommt sie vom Amt. Neuerdings kauft sie sich aber keine Fahrkarte mehr. Immer wenn der Schaffner kommt, zeigen die Gehörlosen ihren Behindertenausweis und machen irgendwelche Zeichen mit den Händen. Klar, da ist jeder Schaffner erst einmal überfordert. Die winken nur noch ab und wünschen eine gute Fahrt. Das haben die Gehörlosen schnell kapiert und so fahren sie immer kostenlos. Das Geld vom Amt bringt Moni schön brav auf ihr Konto. Das wächst und wächst, dank der netten Schaffner.

Schon wieder sind sechs Wochen herum, Moni hat Heimfahrt-Wochenende und bringt das erste Mal ihren Freund mit. Der hat schon ein Auto und ist mit seiner Ausbildung fertig. Der Typ sieht wirklich hübsch aus und Anstand hat er auch noch. Er hat mir schon in der Tür ein riesigen Blumenstrauß in die Hand gedrückt. Er ist schwerhörig, kann aber fast alles verstehen, wenn man deutlich spricht und ihn anguckt. Natürlich bin ich aufgeregt, ist schließlich der erste Schwiegersohn und Moni fühlt sich nicht mehr ganz so einsam. Ich hoffe nur, dass sie nicht alle vier Wochen einen Neuen vorstellt. Beide verkriechen sich gleich ins Kinderzimmer, wollen nicht gestört werden und ich bin abgeschrieben. Na toll, fängt ja gut an, werde mich an solche Situationen erst noch gewöhnen müssen. Mein Mann diskutiert, versteht nicht, warum die beiden allein im Zimmer sitzen.

„Schatzi, so waren wir auch damals, wollten unter uns sein".
Schweren Herzens sieht er es ein und gibt endlich Ruhe.

Das Wochenende zu viert war wirklich schön, es ist wie im Flug
vergangen und jetzt heißt es Abschied nehmen. Obwohl es Moni
nicht gut geht, will sie nicht hier bleiben. Sie erklärt mir, dass sie
schon letzte Woche zweimal beim Arzt wegen Bauch- und
Rückenschmerzen war. Hat Tabletten bekommen, die aber nicht
zu helfen scheinen. Alle zehn Minuten rennt sie aufs Klo zum
Wasser lassen. Ich erkläre ihr, dass sie unbedingt noch mal zum
Arzt muss. Irgendwas stimmt da nicht, vielleicht sind es auch die
Nieren, wenn sie so viel zum Klo rennt. Richtigen Appetit hat sie
auch nicht und ihre Lippen sind knallrot. Ich erkläre ihr noch
einmal, dass sie zu Hause bleiben soll und wir morgen zum Arzt
gehen. Sie will partout nicht. Sie erklärt mir, dass sie die ganze
Woche noch Fahrstunden hat und dann steht die Prüfung an. Die
will sie unbedingt vor Weihnachten noch in „Papier und Tüte"
kriegen. Beide versprechen mir, dass sie sofort zum Arzt gehen,
wenn es Moni schlechter geht. Ihr Freund winkt ab und meint,
dass er schon für sie sorgen kann, wir sollen uns keine Gedanken
machen. Etwas beruhigter, dass sie nicht alleine fährt,
verabschieden wir uns. Wie ein Häufchen Unglück sitzt meine
Maus im Auto und ist kurz vorm einschlafen. Oh man, hoffentlich
geht das gut.

Gerade im Bett, schön eingekuschelt und schon bimmelt dieses
Telefon. Monis Freund ist an der Strippe. War klar, irgendwas

musste ja kommen. Er sagt, dass sie ganz gut angekommen sind. Moni aber unterwegs viel gespuckt hat und das Fieber noch gestiegen ist. Er hatte ihr unterwegs Wadenwickel, mit Wasser aus der Trinkflasche, gemacht, aber das hat nicht geholfen. Zu Hause angekommen ist er sofort zum Notarzt mit ihr. Dort hat man eine beidseitige Nierenbecken-Entzündung festgestellt und sie musste sofort in die Klinik. Jetzt liegt sie da, über 400 km weit weg im Krankenhaus. Wäre sie doch hier geblieben, dann hätte ich sie jeden Tag besuchen können und zu Hause weiter gepflegt. Mindestens sieben Tage muss sie dort bleiben, bekommt Antibiotika über einen Tropf und kann ihre Fahrprüfung nun doch nicht machen.

Ich erzähle es gleich meinem Mann und er entscheidet, ohne weiter darüber nachzudenken, dass wir sie am Wochenende nach Hause holen. Das Antibiotika kann sie auch hier schlucken, sollen die Ärzte sich was einfallen lassen. Wo er Recht hat und ich bin schon etwas beruhigter. Jedes andere Kind könnte man jetzt anrufen, fragen wie es geht, vielleicht etwas beruhigen und tröstende Worte spenden. Ich muss bis zum Wochenende warten, bis ich sie in meine Arme nehmen kann. Bin aber froh, dass sie unter ärztlicher Aufsicht ist und sich nicht im Internat herumquält. Wenn irgendwas ist, werden die Ärzte uns sicher anrufen.

Moni ist geschockt als wir plötzlich vor ihr am Krankenbett stehen. Obwohl sie noch ziemlich blass aussieht und sehr wackelig auf den Beinen ist, rafft sie sich hoch. Freut sich, dass sie mit nach Hause darf und nicht hier herumhängen muss. Sie sieht wirklich schlimm aus, von Fieber und Schmerzen gezeichnet. Wir sprechen mit dem behandelnden Arzt und erklären ihm die Sachlage. Ja, er stimmt zu, meint aber, dass sie sicher noch drei Wochen braucht, bis sie wieder auf dem Damm und voll belastbar ist. Wir sollen am Montag gleich zum Hausarzt gehen, der wird alles Weitere einleiten. Na toll, mindestens noch drei Wochen, da schafft sie ihre Fahrprüfung nie bis Weihnachten. Das stinkt sie am meisten an, würde so gern Montag wieder auf Arbeit gehen und diese Fahrstunden hinter sich bringen. Aber die Gesundheit geht vor, alles andere läuft nicht weg.

Das Weihnachtsfest wird richtig lustig. Mein Mann hat schon ein Auto für Moni gekauft. Das steht bereits in der Garage und muss noch fahrtüchtig gemacht werden. Ist schließlich ein älteres Gefährt, was für den Anfang aber genügen muss.

Egal, dann bleibt es eben so lange stehen bis sie fahren darf. Der Doc verschreibt ihr noch die Pillen, gibt mir den Brief für den Hausarzt mit und wir fahren wieder Richtung Heimat. Ich frage sie nach ihrem Weihnachtswunsch. Typisch, wie immer hat sie keinen, steht durch die Pillen auch etwas neben sich. Weihnachtswunsch, ist ihr egal, wir sollen uns was einfallen lassen. Psst, haben wir ja längst, aber das bleibt eine Überraschung. Ich tue so, als ob ich mir gerade den Kopf über ein Geschenk zerbreche. Muss aber im Stillen schmunzeln und hoffe, dass ich mich bis Weihnachten nicht verquatsche. Jetzt schläft sie auf der Rückbank, ist in ihrem Zustand alles etwas anstrengend.

Mein Mann war schnell bei der Sache und hatte nämlich kurz nach dem wir den Plan geschmiedet hatten, bereits ein altes Auto, einen hellgrünen Polo besorgt. Das Ding will er so herrichten, dass es verkehrstüchtig ist und Moni damit durch die Gegend kutschieren kann. Als Fahranfänger kann sie damit überall anecken, sich Schrammen und Beulen einfangen, was bei dem alten Ding nicht weiter schlimm ist. Wenn sie später selbst Geld verdient, kann sie sich eins nach ihren Vorstellungen kaufen.

Wirklich drei Wochen war sie noch krank geschrieben, hat sich gut erholt und ist fleißig am Fahrstunden schruppen. Der Fahrlehrer meinte zu ihr, dass sie noch ein paarmal bis zur Prüfung üben muss, weil sie ja so lange wegen ihrer Krankheit pausieren musste. Das nervt sie. Sie versteht die Welt mal wieder nicht und ist frustriert. Aber was soll es, ist eben nicht zu ändern. Dafür freut sie sich auf Weihnachten, die ganze Familie wie immer am großen Tisch. Omas, Opas, Onkels und Tanten und wir voll im Stress. Keiner kommt mal auf die Idee, auch uns einzuladen, ich verstehe es nicht. Wie immer gibt es Kartoffelsalat und Bockwurst, also „Karo" einfach, dadurch hält sich der Stress etwas in Grenzen. Moni hat fleißig beim Schnippeln geholfen und die ersten Besucher trudeln so langsam ein. Natürlich packt sie gleich ihre Geschenke aus und fragt, ob wir denn auch ein Geschenk für sie haben. Mein Mann und ich gucken uns schmunzelnd an. Ich hole das riesige Geschenk. Ein kleiner Karton in einem Größeren und dann in einem noch Größeren. Schon das Einpacken hat eine Stunde gedauert. So hat sie erst einmal eine Zeit lang mit auspacken zu tun, die Verwandtschaft lacht sich halb kaputt, weil immer wieder ein neuer kleinerer Karton erscheint. Schön eingewickelt und mit Schleife, aber von Geschenk noch immer nichts zu sehen. Moni ist schon gereizt, zeigt, dass wir doch bescheuert sind. Endlich hat sie den letzten Karton am Wickel, selbst ich bin ganz aufgeregt, was sie wohl für Augen macht. Plötzlich hält sie uns fragend einen Schlüssel und Autopapiere unter die Nase. Sie hat es im ersten Moment nicht so ganz gerafft. Mein Mann zeigt vom Balkon aus auf unsere Garage. Plötzlich klickern ihre „Relais" und sie rennt sofort los und die ganze Sippe muss mit. Sie juchzt und schreit vor Freude, ist kaum zu bändigen und die ersten Fenster der neugierigen Nachbarn werden auf gerissen. Einer nach dem Anderen guckt und wundert sich was bei uns wieder los ist. Moni setzt sich rein, in ihr eigenes Auto, untersucht jeden Schalter, jeden Knopf, alles wird begutachtet. Am liebsten würde sie gleich Probe fahren, geht aber ohne Führerschein nicht. Wieder in der Wohnung muss sie den Rest der Familie berichten, dass sie jetzt ein Auto hat, ein eigenes Auto. Natürlich gibt es kein anderes Thema mehr, nur noch Thema Auto. Kein Geschenk ist wichtiger, nicht der schöne neue Anorak, die rote Bettwäsche mit Herzchen drauf, nichts ist wichtiger. Beim Thema Auto kann ich nicht mitreden, habe keine Ahnung davon, weiß nur, dass so ein Ding vier Räder hat und fahren kann. Alle diskutieren wild durcheinander und jeder will ihr Tipps geben. Ich verziehe mich in die Küche, versuche ein wenig klar Schiff zu machen und habe etwas Ruhe. Kater Alf schleift dauernd neues Lametta und Schleifenband durch die

Bude, überall liegt das Zeug jetzt herum. Das Lametta gefällt ihm am Besten. Das funkelt so schön im Kerzenschein und er haut so lange dagegen bis ein paar Zipfel zu Boden fallen und er damit spielen kann. Am lustigsten ist es, wenn ich mit ihm schimpfe, dann versteckt er sich hinter dem 2-Meter hohen Tannenbaum, der schon beim Schmücken umgekippt war. Er denkt, dass ihn dort keiner sehen kann, aber seine riesigen Kulleraugen leuchten durch die herunter hängenden Zweige. Selbst vor den Schleifen an den Geschenken hat er nicht halt gemacht. Hat die Enden an gesabbert und versucht sie auf zu kriegen, was zum Glück nicht geklappt hat. Beim Baum schmücken hat er total verrückt gespielt, hat sich etliche Kugeln geschnappt und sie in Moni ihrem Zimmer verteilt. Neuerdings macht er sich so lang und versucht sogar Türen auf zu machen. Einmal hat es schon geklappt und er ist bis in den Keller spaziert, ganz gemütlich, Stufe für Stufe, vier Etagen runter. Ich hatte zu tun, ihn da wieder raus zu holen. Der süße Alf, wie das Original auch hat er immer neue Ideen und entdeckt Ecken, die für ihn interessant sind. Abgesehen davon finde ich es lustig wie sich so ein Tier selbst, mit eigentlich Nichts, beschäftigen kann, immer wieder auf ein Neues. Der kennt wirklich keine Langeweile.

Die Festtage sind vorbei und alles geht wieder seinen geregelten Gang. Moni hat endlich ihre Fahrprüfung geschafft. Sie hat gleich nach der Prüfung ein Fax geschickt, manchmal klappt es ja mit ihr. Oh man, jetzt kann sie sogar schon Auto fahren. Mein Kind, gehörlos, darf und kann Auto fahren, nie hätte ich gedacht, das so etwas möglich ist.

Sie poltert die Treppe hoch, reißt die Tür auf und hält mir sogleich den Führerschein unter die Nase. Ich drücke sie, ganz fest an mich, zeige ihr, dass wir die stolzesten Eltern auf diesem Planeten sind. Natürlich will sie gleich Probefahren, verständlich. Als Mama halte ich ihr erst einmal eine ordentliche Predigt. Pass hier auf, pass da auf und so weiter. Schließlich haben wir Januar, überall liegt Schnee und Eis und da hat sie, denke ich, noch keine Erfahrung mit. Ihre Reaktion, wie immer:„ keine Sorge, ich mach das schon". Aber Probefahren geht heute noch nicht, das Auto steht wegen den Bremsen in der Werkstatt. Mein Mann holt es morgen ab, sie soll es sich von der Arbeit abholen und damit dann ganz alleine nach Hause fahren. Wie zu erwarten war, ist sie enttäuscht und traurig, wollte doch gleich los preschen. Aus lauter Frust ärgert sie den Kater, ich höre ihn nur fauchen und sehe noch wie er sich unter dem Küchentisch verkriecht. Jetzt wird erst mal Mittag gegessen, schöne warme Nudelsuppe, und dann sehen wir weiter. Vielleicht hat sie auch Lust auf einen Strandspaziergang oder wir besuchen Oma und gehen mit dem kleinen Boris Gassi.

Ich konnte die ganze Nacht nicht schlafen. Mein Kind will heute das erste Mal alleine mit ihrem Auto fahren. Hier auf der Insel, kurvenreiche und enge Straßen, Schnee und Glättegefahr durch die vereiste Fahrbahn. Pünktlich 10 Uhr, wie abgesprochen, steht sie auf der Matte, fragt gleich, wo ihr Auto ist. Ich beruhige sie, „es wird gleich kommen". Klar, sie kann es nicht erwarten, würde mir genauso gehen. Wollte gerade wieder mit der Predigt anfangen, lass es dann aber, war gestern schon mehr als genug. Mein Mann kommt auf den Hof gerast und Moni gleich raus, ich höre nur die Tür knallen und schwups sitzt sie schon drin. Ich gehe besser nicht raus, sie wird heute Abend schon erzählen, wie es gelaufen ist. Habe zum Glück das Bistro voll mit Gästen und genug Ablenkung. Natürlich beobachten die Kunden das Geschehen draußen und abwechseln fragen sie, ob das alles so richtig ist. Sie glauben nicht, dass Moni schon 18 Jahre ist und als Gehörlose Auto fahren darf. Heiße Diskussionen beginnen. Wie soll das funktionieren? Sie kann doch nicht hören und so weiter und so weiter. Also das Übliche, manche sorgenvoll und andere, na eben das Gegenteil. Ich versuche, wie es Moni so schön kann, auf Durchgang zu schalten und verkrieche mich in die Küche zum Kaffee kochen. Mann o mann, wenn die Leute nichts zu quatschen haben, fühlen sie sich nicht wohl. Haben die keine eigene Probleme?

Endlich Feierabend, ab gehts nach Hause. Wir sind beide neugierig auf Moni ihren Bericht.
Wo hat sie bloß das Auto abgestellt? Auf dem Parkplatz hinterm Haus steht es nicht und vor unserer Garage auch nicht, sehr seltsam. Vielleicht war hinterm Haus kein Platz und sie steht in einer Nebenstrasse. Ich renne flink die Treppen hoch, will doch wissen, wie es gelaufen ist. Schließe ganz aufgeregt die Wohnungstür auf und kriege ein Schock. Die Wohnung sieht so aus, wie wir sie heute früh verlassen haben, von Moni aber keine

Spur. Scheint so, als wäre sie den ganzen Tag noch nicht hier gewesen. Ist doch schon 23 Uhr. Heute Mittag ist sie mit dem Auto los und noch immer nicht zurück. Das sind nur 30 Minuten Autofahrt von unserer Arbeit bis nach Hause. Das kann doch nicht sein, das sind 13 Stunden. Mir wird gleich wieder schwindelig, im Kopf dreht sich alles, mir wird übel, Schweiß läuft die Stirn runter. Wo ist mein Kind, wo ist sie abgeblieben, wo ist ihr Auto? Mein Mann wie immer ganz ruhig, geht wieder runter und will gucken, ob er das Auto irgendwo findet, vielleicht ist es in einer anderen Strasse geparkt. Ich warte in der Wohnung, suche nach irgendwelchen Dingen, die sich seit heute Früh vielleicht verändert haben. Nichts zu finden, alles, wirklich alles, so wie wir heute früh los sind. Scheinbar hat sie nicht mal gefrühstückt vor lauter Aufregung. Normalerweise steht das schmutzige Geschirr von ihr herum, aber hier ist alles sauber. Mir ist kotzübel, kann kein klaren Gedanken mehr fassen, meine Knie wackeln wie „Pudding". Dieses Gefühl kenne ich zur Genüge, es ist schrecklich, es versetzt mich in Panik.

Die Tür geht auf, enttäuscht steht mein Mann vor mir, er hat das Auto nicht gefunden und guckt mich, was selten vorkommt, voller Sorge an. Wir diskutieren hin und her, entschließen uns zur Polizeistation, hier im Neubaugebiet, zu gehen. Irgendwas muss passiert sein, irgendwo muss sie doch stecken. Könnten wir sie übers Handy anrufen, wüssten wir vielleicht schneller was los ist. Nur fünf Minuten Fußweg bis zur Polizei, es kommt mir aber ewig lange vor. Ich klingele Sturm, lass einfach den Finger auf dem Klingelknopf, egal, wir haben es eilig, ist doch ein Notfall.

Der überaus nette Polizist beruhigt uns erst einmal und hört sich unser Problem an. Wenn sie 18 Jahre alt ist wird erst nach 24 Stunden eine Fahndung rausgegeben. Ich erkläre ihm mit zittriger Stimme, dass sie bereits seit 13 Stunden unterwegs ist und die ganze Zeit nicht zu Hause war. „Sie ist heute das erste Mal allein mit dem Auto unterwegs und hier hat sie keine Freunde, wo sie vielleicht stecken könnte. Er fragt nicht weiter, schnappt sich gleich den Hörer und ruft im Krankenhaus an. Nein, da ist kein Unfallopfer eingeliefert. Er ruft in der Zentrale an, fragt ob heute irgendwo in der Umgebung ein Unfall war. Auch dort ist nichts bekannt. Er notiert sich die Personenbeschreibung und verspricht, sofort, da es ein besonderer Fall ist, eine Fahndung auszugeben. Die Funkstreife soll die ganze Gegend abfahren und nach ihr suchen, mehr kann er im Moment nicht für uns tun. Ein klein wenig beruhigter, dass wir Hilfe bekommen und nicht wieder abgelehnt werden, nur weil unser Kind gehörlos ist, bedanken wir uns und ziehen trübselig von dannen. Mein Herz pocht wie verrückt, es überschlägt sich förmlich, als würde es im 6. Gang fahren. Kann sowieso nicht schlafen, solange wir nicht wissen was los ist. Irgendwie kann ich nicht mehr denken, alles in meiner Birne ist auf null gestellt, ausser die Achterbahn, die weiter ihre Runden dreht. Wieder so eine Aktion, wie lange stehe ich das noch durch? Das Gefühl in mir kann ich nicht beschreiben, es ist grauenvoll. Als wenn einem das Herz bei lebendigem Leibe rausgerissen wird, einfach völlige Leere. Ich ziehe mich wie eine 80jährige die drei Etagen am Geländer hoch, die Beine versagen, habe einfach keine Kraft mehr. Ich kriege nicht mal die

Wohnungstür auf geschlossen. Mein Mann muss mir helfen, versucht mich weiter zu beruhigen, obwohl es in ihm nicht besser aussieht. Im Flur der nächste Schock. Moni steht vor uns, mit strahlendem Gesicht und fragt wo wir jetzt so spät herkommen. Ich glaube es nicht, ich verstehe gar nichts mehr. Ich kriege mich kaum noch ein, heule wie ein Schlosshund und drücke sie ganz fest an mich. Würde sie am liebsten nicht mehr loslassen. Bitte, bitte, nie mehr solche Aktionen. Mein Kind ist wieder da, gesund und unversehrt, endlich. Nach gefühlten 30 Minuten frage ich sie, noch immer am heulen, wo sie gesteckt hat und wo das Auto ist? Sie lacht sich kaputt über unsere Ängste, was ich absolut nicht lustig finde. Sie erklärt uns, dass sie drei Straßen weiter mit dem Auto stand. Rein zufällig hat sie einen gehörlosen Kumpel getroffen, mit dem saß sie den ganzen Nachmittag und Abend im Auto und hat sich fest gequatscht. Das ist wirklich typisch unsere Moni, denkt sich einfach nichts dabei. Kein Zeitgefühl, keine Angst. Denkt nicht mal daran, dass sich ihre Eltern vielleicht Sorgen machen könnten. Denkt nicht dran, für uns eine kurze Nachricht, einen Zettel oder sonst etwas zu hinterlegen, damit wir Bescheid wissen. Dann wäre alles halb so wild und die Welt wäre in Ordnung. Wie kann ich ihr das nur beibringen? Es interessiert sie einfach nicht, sie versteht unsere Welt nicht. Mein Mann schnappt sich das Telefon und informiert die Polizei. Die sind froh, dass sie die Suche abbrechen können und dass alles zu einem guten Ende gekommen ist. Moni ist baff, kommt aus dem Staunen nicht heraus, als ich ihr erkläre, dass wir bei der Polizei waren und die schon nach ihr suchen. Frech gebärdet sie mir, dass es Quatsch ist zur Polizei zu gehen, schließlich ist doch nichts passiert. Oh man, ich kriege noch einen Herzinfarkt wenn das so weiter geht. Immer und immer wieder, hat das denn nie ein Ende? Moni versteht es einfach nicht, will sich bewegen, machen und tun, wie ein hörender Mensch, will sich nicht immer uns erklären müssen. Hoffe nur, dass sie ihre Eltern versteht, wenn sie später selbst Mama ist und sich um ihr Kind Sorgen macht. Ich, kopflos wie immer, aber am Ende ist alles wieder gut, wie immer.

Das war kein guter Start mit ihrem Autofahren, auch wenn nichts passiert ist, habe ich keine ruhige Minute mehr. Mein Mann hat ihr auch noch erlaubt, damit zur Ausbildung zu fahren. Klar, da ist sie nicht auf Bus und Bahn angewiesen und gleichzeitig kann sie üben, ihre eigenen Erfahrungen machen. Stimmt soweit alles, aber ich bin Mutter und als Mutter ist man immer in Sorge und will sein Kind gut behütet wissen.

Das Telefon bimmelt, ein Blatt Papier rasselt durch das Faxgerät. Von Moni. Sie ist gut angekommen, hat zwar sieben Stunden gebraucht und das nur, weil sie durch die Großstadt gefahren ist. Mitten im Berufsverkehr, alles drei- bis vierspurige Straßen und dazu auch noch Neuschnee. Ich hatte ihr extra eine Strecke rausgesucht, die viel einfacher zu fahren ist, mit weniger Verkehr und weniger Ampeln. Aber warum einfach, wenn es auch anders geht. Immer ihren eigenen Kopf und immer genau das Gegenteil, nur um der Welt etwas zu beweisen. Aber egal, sie ist gut angekommen und das ist die Hauptsache. Das erste Mal so eine weite Strecke, dann noch alleine als junge Frau, ich hätte das nicht drauf gehabt.

Mein Mann beruhigt mich, ich soll nicht so viel daran denken, sie macht das schon. Sie fährt so vernünftig, ist aufmerksam und guckt viel in den Rückspiegel, mehr kann sie wirklich nicht machen. Ja, ja, ich habe es verstanden und versuche nicht daran zu denken, was nicht ganz einfach ist. Besser ist wohl, sie sagt gar nicht erst Bescheid, wann sie los fährt. Ich sitze dann nur, gucke ständig auf die Uhr und mache mich verrückt. Oh man, machen sich andere Muttis auch so viel Gedanken oder bin ich etwa ein Sonderfall?, bestimmt. Eigentlich will ich das gar nicht wissen, ich bin so wie ich bin und ich möchte, dass es meinem Kind immer gut geht.

Gestern war mal wieder ein ganz verrückter Tag. Schon früh morgens ging der Stress im Büro los. Ich ganz alleine, meine Kollegin frei und 40 Kunden kamen, um ihre Busfahrt zu bezahlen. Alles liebe, nette Stammkunden, aber jeder Einzelne lädt hier, wie beim Friseur auch, seine Sorgen ab. Ich habe doch selbst genug davon. Dazu noch tausend Extrawünsche und ich hatte pausenlos zu organisieren und herumzutelefonieren. Die Kasse lief über und ich war nur noch reif für die Couch. Draußen wurde es immer dunkler, dazu starker Sturm, bestimmt Windstärke 10, was ich vor lauter Arbeit gar nicht bemerkt hatte. Es sah ganz nach einem Wolkenbruch aus. Ich rannte wie von einer Tarantel gestochen nach Hause.

So schnell hatte ich es noch nie geschafft, war ganz außer Puste, aber wenigstens trocken angekommen. Unterwegs wurde es dunkel und immer dunkler, es war unheimlich. Hatte gerade die Haustür aufgeschlossen da schiffte es auch schon los, wie aus „Kannen".

Nicht nur draußen, auch im Hausflur sah es aus, als wäre es Mitternacht, überall stockfinster. Eine Stunde zuvor war es noch taghell und plötzlich, oh man, ich dachte schon an Weltuntergang. Im Dunkeln die Treppe hochtastend bis in den dritten Stock, hörte ich plötzlich lautes scheppern. Es wurde immer lauter, immer dunkler, nirgends war Strom, alles aus. Ich hörte es an der Balkontür knallen, als würde jemand Steine hoch schmeißen. Hatte das alles nicht ganz sortiert bekommen und fing an zu zittern, es war so unheimlich, wie in einem Thriller. Vorsichtig tastete ich mich bis zur Wohnzimmertür vor und riss sie auf. Auch da, trotz des großen Fensters, alles stockdunkel. Ganz behutsam und mit wackligen Beinen bewegte ich mich Richtung Balkontür. Ich dachte: „bin ich im falschen Film". Riesige Hagelkörner, so groß wie Tennisbälle, prasselten, besser gesagt, knallten auf den Balkon und an die Scheiben. Ich dachte im ersten Moment, dass die gleich zerbersten und in tausend Stücke zerspringen würden. So was hatte ich noch nie erlebt, noch nie gehört und auch noch nie gesehen. Geschockt und starr vor Schreck blieb ich an der Tür stehen, sah diese riesigen Hagelkörner, wie sie sich auf dem Balkon zu Hügeln auftürmten. Hatte anfangs an einen schlechten Traum gedacht, aber es passierte wirklich. Ich ganz allein in dieser dunklen Wohnung. Selbst Kater Alf war nicht zu sehen und nicht zu hören. Ich suchte krampfhaft meinen Fotoapparat, das musste ich unbedingt festhalten. Kein Mensch würde mir diese Geschichte glauben ohne ein Beweisfoto. Glücklicherweise waren die Batterien noch voll und ich knipste was das Zeug hielt. Musste mich sputen, weil die Hagelkörner bei der Wärme gleich zu tauen drohten. Der Balkon sah aus, als hätten wir den schlimmsten Winter aller Zeiten, nur dieser war doch längst vorbei. Nach gefühlten 30 Minuten wurde es langsam heller, die schwarzen Wolken zogen weiter und der Wind ließ nach. Nach einer Stunde wieder das schönste Wetter und der Strom lief wieder durch die Leitungen. Kaffee, ich brauchte erst mal ein Kaffee, und musste mich sortieren.

Als dann endlich mein Mann kam und berichtete, konnte ich es nicht glauben. Hinter unserem Haus auf dem Parklatz waren alle Autos durch den Hagelschlag verbeult. Wir sind dann gleich runter und haben uns das Chaos angeschaut, es sah echt schlimm aus. Nicht ein Auto stand da ohne Beulen. Mein Mann beruhigte mich gleich und meinte, dass er unser Auto zum Glück unter einem großen Baum geparkt hatte und das es heil geblieben ist. Da wir beide kaputt und bettreif waren, hatten wir auch nicht weiter geguckt.

Heute früh begutachteten wir dann unser Auto etwas genauer, aber da, wo die Sonne auf den Lack schien, konnten wir dann doch die, bestimmt 200, Beulen sehen. Die waren allerdings nicht ganz so groß und tief wie die, wo die Autos im Freien standen. Na toll, wir haben jetzt ein Beulen-Auto, teilweise ist sogar der schöne metallic-grüne Lack kaputt. Egal, das kann man reparieren, vielleicht übernimmt auch die Versicherung einen Teil. Hauptsache uns geht es gut, uns ist nichts passiert. Trotzdem möchte ich so etwas nicht noch mal erleben, bekomme bei dem Gedanken noch immer Gänsehaut, es war so unheimlich.

Endlich, mein Kind ist zu Hause, hat ihre drei Jahre Ausbildung geschafft und den Facharbeiterbrief in der Tasche. Sie ist jetzt Raumausstatterin, kann tolle Gardinen nähen und polstern wie ein Profi. Zur Abschlussprüfung musste sie zwei Stühle polstern, die sie behalten durfte. Die sehen aus, wie aus einem Antiquitätenladen. Hammer, habe immer gedacht, dass sie nur kleinere Polsterarbeiten machen muss, nein, sogar Stühle und große Sofas hat sie polstern gelernt.

Nach 16 Jahren, mein Kind ist wieder zu Hause. Es fühlt sich komisch an, sie ist eine erwachsene Frau, aber immer noch mein Kind. Hat ihre eigene kleine Wohnung und einen Freund, fehlt nur noch der richtige Job. Obwohl uns der hiesige Raumausstatter versprochen hatte, sie einzustellen, lässt er sich nicht mehr blicken und geht auch nicht ans Telefon. So ist das, wenn es um behinderte Menschen geht, es interessiert einfach niemanden, wir hatten es schon geahnt. Heute war sie beim Amt, hat sich arbeitslos gemeldet und ist stinke sauer. Die Mitarbeiterin hat nur ihre Daten in den Computer gegeben, ohne weitere Fragen zu stellen. Da war die gute Frau bei Moni an der falschen Adresse. Die ist vorbereitet hingegangen, hat ein A4 Blatt vorgelegt, wo sie alle ihre Fähigkeiten aufgezählt hat, an die 30 Stück. Damit war die Frau vom Amt völlig überfordert. Sie hat Moni erklärt, dass es für jede Berufsgruppe eine Nummer gibt, diese eine Nummer muss sie eintragen, nur eine und anders läuft das nicht. Moni hat sich das nicht gefallen lassen, hat so lange Stress gemacht, bis die Frau unter Sonstiges, weitere Notizen gemacht hat. Natürlich hat sie das genauestens kontrolliert, entsprechend lange hat es gedauert, glatte zwei Stunden war sie drin, aber das war ihr egal. Sie will nur arbeiten, als Raumausstatter oder was Anderes, egal, nur arbeiten. Was soll sie alleine zu Hause, den ganzen Tag, 24 Stunden. Sie kann nicht Fernsehen oder Radio hören oder mit anderen telefonieren. Da ist Totenstille in ihrem Zuhause, in ihrer schönen kleinen Wohnung.

Die Wohnung hat sie sich ganz allein eingerichtet, selbst die Möbel hat sie allein aufgebaut. Mein Kind, sie kann einfach alles. Sie hat es gelernt sparsam zu sein, hat alles selbst bezahlt und das kurz nach ihrer Ausbildung. Dank der Deutschen Bahn war es eben möglich.

Ich habe ihr heute erklärt, dass sie vielleicht Reiseleiter auf der Insel machen kann, so nebenbei, für gehörlose Gruppen. Mein Schwiegervater macht das schon länger, verdient damit auch sehr gutes Geld. Es gibt mehr Aufträge als man allein schaffen kann und das Beste, man ist immer unter Leuten. Sie findet die Idee super, setzt sich gleich an den Computer und schreibt verschiedene Vereine an. Ich suche ihr ein paar Routen und Sehenswürdigkeiten raus, die Details dazu kann sie sich selbst aus dem Internet holen und auswendig lernen.

Jetzt hat sie eine Aufgabe, ist voll auf begeistert und hängt jeden Tag bis spät abends am PC. Wir haben auch ein paar Nähaufträge an Land gezogen. Gardinen nähen, Hosen kürzen und kleine Polsterarbeiten. Ihr Tag ist damit mehr als ausgefüllt und sie hat viel Spaß daran. Meist kommt sie zum Feierabend noch bei uns vorbei und hilft im Bistro. Auch dafür ist sie zu begeistern und findet kein Ende. Ihr Tag müsste 48 Stunden haben, alles will sie machen und für alles interessiert sie sich.

Ein halbes Jahr schon ist Moni zu Hause, hat rund um die Uhr zu tun, fühlt sich aber trotzdem einsam. So allein in ihrer Wohnung, Abends, Nachts und früh Morgens, es macht sie traurig. Sie spricht nicht darüber, aber man merkt es ihr an. Früher war sie viel fröhlicher und lockerer, immer ein Spässchen in petto. Sobald sie mal frei hat, ist sie unterwegs. Unterwegs zu anderen Gehörlosen, die fehlen ihr. Das ist nun mal ihre Welt in der sie lebt, in welche sie hineingeboren wurde, auch wenn sie mit Hörenden gut klar kommt und sich damit arrangiert. Es macht mich auch traurig sie so zu sehen. Ich möchte, dass sich mein Kind wohl fühlt auf diesem Planeten, egal wo und egal wie, Hauptsache sie fühlt sich wohl.

Seit Tagen schon überlegen mein Mann und ich, wie wir ihr helfen können, damit sie wieder mehr Lebensqualität bekommt und die alte lebenslustige Moni wird, so wie alle sie kennen. Nur können wir keine gehörlosen Menschen ran zaubern, das kriegen wir nicht hin. Auf unserer Insel gibt es zwar Einige, nur es sind nicht viele. Ab und an treffen sie sich und alle haben das gleiche

Problem. Sie fühlen sich wohl zu Hause, alles ist wunderbar, aber sie sind trotzdem einsam.

Mein Mann arbeitet nicht mehr im Hotel, hat seit Monaten ein eigenes Fitness-Studio mit kleinem Bistro. Wir haben beide Koch gelernt, kommen aus der Gastronomie und können uns in der kleinen Gaststätte so richtig entfalten. Haben schon Geburtstage, Hochzeiten und Jugendweihen veranstaltet. Teilweise mit einem großem Büfett, was nach vielen Jahren wieder richtig Spaß macht. Bisher waren alle zufrieden und haben uns weiter empfohlen. Es spricht sich herum wie ein Lauffeuer, so dass wir schon Termine absagen, weil wir es zeitlich nicht auf die Reihe bekommen. Wir brauchen auch mal frei, müssen neue Kraft tanken und haben schließlich noch ein Privatleben. Sobald Moni Langeweile hat, was in letzter Zeit ziemlich oft passiert, kommt sie vorbei und hilft. Arbeit gibt es genug, sie ist beschäftigt und hat Kontakt zu vielen Menschen. Auch ich bin nach langem Hin und Her, bei meinem Mann fest mit eingestiegen und habe im Reisebüro gekündigt. Auf zwei Hochzeiten zu tanzen, wird mir auf Dauer einfach zu viel.

Wie so oft hat mein Mann plötzlich und unerwartet eine verrückte Idee. Na ja, der Gute hat immer Ideen und oft auch Verrückte. Er will für Moni eine Nähstube hier im Haus einrichten, direkt neben dem Bistro, wo viel Laufpublikum ist und die Aufträge nur so rein flattern. Mehr Werbung geht dann nicht. Obwohl wir noch nicht weiter darüber gesprochen haben, Moni noch keine Ahnung von dem Vorhaben hat, telefoniert er schon den ganzen Tag herum. Er will Fördergelder abfassen, schließlich schafft er einen Behinderten-Arbeitsplatz, wenn es gut läuft vielleicht sogar zwei. So wie er sabbeln kann, wird das auch klappen. Er textet die Leute regelrecht zu, da müssen die einfach ja sagen. Ich glaube, er könnte sogar einem Eskimo einen Kühlschrank verkaufen und würde noch ein Artikel in der „Bild" dafür bekommen.

Am Wochenende habe ich Moni von Papas Plan berichtet. Ihre Augen wurden immer größer, sie war Feuer und Flamme. Hatte gleich tausend Ideen parat. Wie, was und wo! Sie freut sich riesig, sucht jetzt ihr ganzes Zeug, was sie von der Ausbildung noch hat, zusammen. Das meiste Handwerkzeug zum Polstern durfte sie mit nehmen und würde am liebsten gleich loslegen. Eine Preisliste für Näharbeiten, Hosen kürzen, Reißverschlüsse einnähen und, und, und, hat sie zusammengestellt. Eine dicke Mappe mit Reverenzen und Mustervorschläge liegen auch schon bereit. Heute sucht sie die Adressen von verschiedenen Lieferanten heraus, bei denen sie auch in der Ausbildung Material bestellt hat. Moni hat voll zu tun und blüht richtig auf. Sie bekommt ihre eigene Firma und kann sich entfalten.

Das mit den Fördermitteln hat geklappt, war klar, und die ersten Nähmaschinen sind bereits geliefert. Wusste gar nicht, dass man so viel verschiedene Maschinen zum Nähen braucht. Ein riesiger Bügeltisch, der ein Viertel des Raumes einnimmt, steht ebenfalls schon. Garantiert werde ich meine Bettwäsche auch hier bügeln und nicht mehr auf meinem kleinen Bügelbrett.

Zwischendurch muss ich Moni zügeln, sie will ein komplettes Lager, wie in der Ausbildung, anlegen, was natürlich nicht funktioniert. Erst muss der Laden laufen, dann können wir vieles auf Lager kaufen. Wie immer stellt sie sich stur und es gibt die ersten heißen Diskussionen, noch bevor ihre Nähstube überhaupt geöffnet hat.

Endlich, nach vier Wochen harter Arbeit, teilweise bis spät Abends, neben unserer eigentlichen Arbeit, ist das Werk vollbracht. Monis neuer Arbeitsplatz, ihre Nähstube, ist fertig. Voll eingerichtet und ausgestattet, mit allem was sie braucht, kann sie endlich los legen. Die Lokalzeitung berichtet mit Foto und einem großen Artikel von der Eröffnung. So aufgeregt kenne ich Moni nicht, sie ist so hippelig, rennt von einer Ecke zur anderen. Hängt noch die Musterbügel auf die Stange, zippelt hier herum und da herum. Ein ganz großer Tag für sie, bestimmt der Größte in ihrem bisherigen Leben. Die ersten Leute trudeln ein, mit Blumen, Sekt und kleinen Geschenken, alles für Moni. Sie ist so stolz und bedankt sich immer wieder bei ihrem Papa, dass er so eine irre Idee hatte und die auch umsetzen konnte.

Zum Glück hat sie sich die letzten Wochen vorbereitet und nimmt schon, ohne dass ich dolmetschen muss, die ersten Aufträge an. Die meisten Leute, die hier im Haus trainieren, kennen sie schon lange und kommen, mehr oder weniger, mit Händen und Füssen, irgendwie mit ihrer „Sprache" zurecht. Manchmal sind Zettel und Stift hilfreicher, aber egal, sie verstehen sich. Selbst eine

Gaststätte fragt an, ob sie die Bestuhlung komplett neu polstern kann. Moni sagt erst mal allen zu, ohne darüber nachzudenken. Immer mehr Leute füllen die Nähstube, alle freuen sich mit uns und vor allem mit Moni. Sie finden die Idee super, dass wir ein Behinderten-Arbeitsplatz geschaffen haben. Vielleicht macht es ja Schule und wir können andere Eltern, die ähnliche Möglichkeiten haben, motivieren, in diese Richtung etwas zu tun. Wir sind jedenfalls ganz stolz, dass wir das hinbekommen haben, dass unser Kind eine Arbeit hat, eine sinnvolle Arbeit.

Der Laden läuft, Moni kann sich vor Arbeit kaum retten und näht oft bis spät Abends. Akribisch genau führt sie ihr Kassenbuch, schließlich ist sie jetzt so etwas wie Teil-Selbstständige. Sie muss lernen die Buchführung selbst zu machen, was sie auch gerne tut. Fragt mich aber immer wieder, wohin sie denn das Trinkgeld buchen soll. Sie versteht nicht, dass das ihr zusätzlicher Lohn ist, den trägt man nicht ins Kassenbuch ein. Keine Ahnung wie ich ihr das noch beibringen soll, sie will jeden Cent eintragen. Ansonsten blüht sie richtig auf, selbst bei den Kundengesprächen, ob mit oder ohne Zettel sind alle Leute nett und verständnisvoll. Ab und zu ruft sie mich und ich muss dolmetschen, was sie eigentlich gar nicht will. Für mich natürlich ungewollt, zusätzlicher Stress. Habe im Bistro auch meine Kunden zu bedienen, ob an der Info, an der Bar oder in der Küche, nun auch noch, teilweise die Nähstube. Auch wenn es viel Spaß macht mein Kind glücklich zu sehen, es ist manche Tage echt anstrengend. Zudem versteht Moni nicht, dass auch sie oder ihre Kunden mal warten müssen, bis ich Zeit für sie habe. Alles muss immer sofort passieren, das schlaucht, bin abends total am Ende. Wenn sie Feierabend hat geht sie längst nicht nach Hause, sie hilft im Bistro bis zum Ende und das kann manchmal schon Mitternacht werden. Ein paar Stammkunden klönen und klönen nach dem Sport noch ewig im Bistro. Sobald einer anfängt ein Schnäpschen für alle in der Runde zu bestellen, ist uns klar, das wird wieder spät. Manche haben wirklich „Sitzfleisch" und bestellen immer wieder eine neue Runde. Klar freuen wir uns, die Kasse füllt sich, aber irgendwann wollen auch wir mal nach Hause. Moni stört es nicht, sie hilft gerne, egal wie lange es geht, ich glaube inzwischen gefällt ihr die Arbeit im Bistro besser als in ihrer Nähstube. Mit den Leuten quatschen, denen Gebärden beibringen, herumalbern und immer in Aktion sein. Das ist Moni, so wie in der Schule nur am Lernen, ist sie jetzt nur am Arbeiten. Meist näht sie auch noch Nachts privat für irgendwelche Leute oder bereitet sich auf gehörlose Reisegruppen vor. Von müde oder geschlaucht keine Spur bei ihr, sie hat so viel power und alles macht ihr Spass. Ihr Tag müsste 48 Stunden haben, selbst dann würde sie all ihre Vorhaben nicht schaffen.

Ich glaube nicht an Gott oder sonstiges, aber heute habe ich zu ihm gebetet. Dachte bisher, dass es nicht schlimmer werden kann, aber es geht, es geht viel schlimmer.
Monis Gedanken sind die letzten Wochen überall, nur nicht auf Arbeit. Aufträge dauern ewig lange oder bleiben ganz liegen. Die Kunden kommen zu uns, meckern herum oder ziehen die

Aufträge ganz zurück. Ich mal wieder fix und fertig, am Ende, verstehe die Welt und mein Kind mal wieder nicht. Ihr Freund will, dass sie sich operieren lässt. Er möchte schließlich eine hörende Frau, die ihn besser versteht und mit der er sich normal unterhalten kann. Schon zigmal habe ich mit ihr darüber gesprochen, so eine Operation macht man nicht einfach so, nur weil es andere Menschen wollen. Niemals darf sie sich mit so was unter Druck setzen lassen, es geht um ihre Gesundheit, um ihre Zukunft. Sie versteht es, will es eigentlich auch nicht, wollte sich nie operieren lassen. Der Druck aber, der auf sie lastet, scheint so groß zu sein, dass sie nicht davon ablässt und immer wieder damit ankommt. Wie so oft bin ich kopflos, eigentlich eher mit den Nerven am Ende, richtig am Ende. Was macht mein Kind da, ich kann es nicht fassen. Ihr Freund verspricht ihr, dass sie beide dann viel besser klar kommen, sich weniger streiten und er ihr sogar ein Häuschen bauen will. Das aber alles nur, wenn sie hören kann. Obwohl sie schon x-mal getrennt waren, glaubt sie alles was er erzählt, macht alles was er will. Hatte sie doch bisher ein sehr großes Vertrauen zu uns, aber die erste große Liebe ist stärker, als wir. Mir ging es früher ähnlich, habe auch lieber auf meine Typen gehört als auf meine Eltern. Nur hier geht es um eine lebenswichtige Entscheidung. Was ist, wenn bei dieser Operation etwas schief läuft, steht er ihr dann auch zur Seite? Als Moni elf Jahre alt war, hat man uns in der Charité über mögliche Risiken bei so einer Operation aufgeklärt. Sicher ist man heute viel weiter in der Medizin, aber Risiken gibt es weiterhin, die kann man auch nicht schön reden. Moni sollte sich damals als sie

18 Jahre war, selbst entscheiden, ob sie so ein Implantat möchte oder nicht. Sie wollte es nicht, bis heute hatte sie ihre eigene Meinung dazu, und hat es abgelehnt sich operieren zu lassen. Als Mama hatte ich mir damals immer gewünscht, dass mein Kind hören kann, dass sie in eine normale Schule geht, vieles wäre bestimmt einfacher gewesen. Aber die Umstände ließen es nicht zu und wir haben uns so gut es ging mit der Situation arrangiert. Moni kennt andere Kinder aus ihrer Schulzeit, bei denen es Probleme nach solch einer Operation gab. Die psychische Probleme hatten und förmlich durchgedreht sind. Nach so einem Eingriff prasseln plötzlich hunderte von Geräuschen auf einem ein, die man sortieren muss, man muss förmlich das Hören erlernen. Für uns Hörende alles normal, wir sind so aufgewachsen, aber Gehörlose haben noch nie etwas gehört, das ist den Meisten plötzlich zu viel. Anders natürlich bei Menschen, die früher mal gehört haben, denen fällt es nicht so schwer. Die kriegen die Geräusche schneller zugeordnet und müssen nicht wie ein Baby bei null anfangen, ein Gehörloser schon. Ich kann mir vorstellen, dass das eine große psychische Belastung ist, neben Schule, Arbeit und dem alltäglichen Leben, täglich zwei bis drei Stunden nur hören lernen. Wenn man sich vorstellt, wie viele verschiedene Geräusche in nur fünf Sekunden auf uns einprasseln. Wir nehmen die meisten Töne gar nicht mehr wahr, wir haben gelernt, die Unwichtigen auszublenden.

Wir haben Moni immer versprochen, wenn sie eines Tages diesen Schritt gehen möchte, werden wir sie unterstützen, ihr mit allen Mitteln zur Seite stehen. Daran hat sich auch bis heute nichts

geändert, nur nicht unter diesen Umständen und diesem Druck.
Tagelang schon gibt es kein anderes Thema mehr, selbst mein
Mann scheint mittlerweile „kopflos" zu sein.

Jetzt sitzt sie wieder mal heulend vor mir, ich soll unbedingt in
der Uni ein Termin machen. Ich, die Mama, soll diesen Termin
organisieren. Kann sie das von mir verlangen? Eigentlich doch
nicht, ich hadere mit mir, was mache ich richtig. Bisher habe ich
doch immer die richtigen Entscheidungen in meinem Leben
getroffen. Oft hört man Leute sagen, hätte ich mich anders
entschieden, dann wäre u.s.w.. So denke ich nicht, nein, nichts
was in meinem Leben bis heute passiert ist, habe ich bereut, aber
auch wirklich nichts. Auch wenn es ein langer, hürdenreicher und
schwerer Weg bis hierher war. Sicher hätten wir auch den
einfacheren Weg gehen können, aber dann würde ich heute auch
so reden.

Mein liebes Kind, ja, ich werde in der Uni anrufen, wünsche mir
aber von ganzem Herzen, dass ein Dolmetscher dazukommt.
Habe es gestern lang und breit mit meinem Mann und heute noch
mal mit Moni durchgekaut. Der Dolmetscher ist eine neutrale
Person und die wird 1:1 alles übersetzen was der Arzt sagt. So
kann sie und wir sicher gehen, dass ihr Freund nicht was Falsches
erzählt und damit weiter Druck ausüben kann. Ich hoffe und bete,
das erste Mal in meinem Leben, dass sie nicht an einen Arzt gerät,
der nur die Dollarzeichen in den Augen hat. Sondern einer, der sie
aus medizinischer und menschlicher Sicht fachgerecht berät.
Sobald sie in der Uni fertig ist, soll sie mir sofort eine Nachricht
schicken, mit dem Handy heute kein Problem mehr. Ich erkläre

ihr, nicht erst ins Café oder zum Italiener oder sonst irgendwas, nein, bitte sofort bei mir melden. Sie ist erleichtert, etwas Druck fällt ab, bei mir dagegen steigt er, bis ins Unendliche. Hoch und heilig verspricht sie, sich sofort zu melden und noch heute Abend will sie ein Dolmetscher dazu bestellen. Obwohl sie erleichtert scheint, merke ich, dass sie sich nicht ganz wohl fühlt bei der Sache. Ihr ist anzusehen, dass sie das alles eigentlich gar nicht will. Ein kleiner Hoffnungsschimmer bleibt mir, sie hat erst einmal nur ein Gespräch, alles andere werden wir dann sehen. Bis zu dem Termin nächste Woche kriege ich kein Auge zu und auch sonst nichts gebacken, das ist mir schon jetzt klar. Bei uns läuft eben alles anders, nicht die Beine hoch und entspannen, Kind ist jetzt erwachsen. Klar ist sie erwachsen, macht eigentlich längst ihr eigenes Ding. Hat eine Wohnung, einen Freund und eine Arbeit, aber unser Zittern geht weiter, so wie schon die ganzen Jahre.

Ich warte auf Moni ihre Nachricht, der Termin war schon vor einer Stunde. Die Zeit vergeht nicht, das Warten macht mich irre, will doch nur wissen was der Arzt ihr gesagt hat. Obwohl, will ich es wissen? Vielleicht besser wenn ich es nicht weiß. Aber spätestens morgen, wenn sie wieder zurück ist, wird sie berichten wie es aus gegangen ist. Darf gar nicht daran denken, weiß gar nicht was ich noch denken soll, in meinem Kopf ist mal wieder völlige Leere. Hoffe im Stillen nur, dass der Arzt nein gesagt hat. Er kann sie nicht operieren, er darf es einfach, unter diesen Umständen, nicht.

Endlich, das Telefon bimmelt. Endlich, die langersehnte Nachricht. Moni schreibt, dass bei ihr und vor allem in ihrem Alter keine OP mehr was bringen würde. Das Gehirn schafft es nicht mehr, die vielen neuen Eindrücke und Geräusche zu verarbeiten. Anders wäre es, wenn sie schon mal gehört hätte, dann wäre es kein Problem, dann würde er operieren. Diese kurze Info reichte mir, bin ich froh, mir fällt ein Stein vom Herzen, nein, ein ganzer Felsbrocken wohl eher. Bin ich froh, dass sie an einen so verständnisvollen und ehrlichen Arzt geraten ist. Jetzt brauche ich erst einmal einen Schnaps. Vor Freude kullern die Tränen, ich kann es mir nicht verkneifen, ist auch egal, es sind Freudentränen.

Moni ist wieder zurück, hat mir gleich gebeichtet, dass sie froh ist, dass der Arzt sie nicht operiert, so wie ich es geahnt hatte. Natürlich hat sie mir akribisch genau erklärt, was der Doc gesagt hat. Warum, wieso und weshalb es bei ihr sinnlos ist. Ihr Freund musste draußen warten, nur sie, der Dolmetscher und der Arzt waren anwesend. Ich frage sie, was ihr Freund denn dazu gesagt hat. War klar, er ist ausgerastet. Er versteht die Welt nicht mehr und will einen anderen Arzt aufsuchen, erklärt sie mir. Moni hat ihm aber gesagt, dass sie das nicht macht, sie will es nicht und fertig. Schön dass sie sich gerade macht und ihre Meinung durchsetzt, ob es für ihre Beziehung gut ist wird sich zeigen.

In der Nähstube liegen bergeweise Aufträge, Moni hat alles angenommen was nur ging. Hat die letzten Wochen, durch den ganzen Stress, nicht so richtig was geschafft. Zum Glück habe ich ab und zu ein Blick darauf, erkläre ihr, dass sie die nächsten Tage nichts annehmen soll. Wie immer ihre Antwort, „keine Sorge, ich schaffe das schon". Natürlich geht es nicht, dass die Kunden so lange warten, also müssen abwechselnd die Mitarbeiter mit eingespannt werden. Irgendwelche Sachen bügeln oder Nähte auftrennen, das kann jeder. Sie freut sich, ist nicht allein in der Nähstube und hat neben der vielen Arbeit auch etwas Abwechslung. Manchmal hat sie keine Lust, fragt ob wir tauschen wollen und dann sitze ich den ganzen Tag in der Nähstube, darf Reißverschlüsse raustrennen oder irgendwelchen Kleinkram machen. An die Profi-Nähmaschinen darf ich nicht mehr. Ehrlich gesagt, kann ich es auch nicht, habe bisher keine gerade Naht damit nähen können, davon lass ich besser die Finger. An solchen Tagen merke ich wieder, wie trostlos es ist, ohne Radio oder sonstigen Menschenkontakt, acht Stunden zu arbeiten. Es ist schrecklich, selbst wenn die Arbeit sinnvoll ist und Spaß macht, diese unendliche Stille macht mich fertig, das bin ich nicht gewohnt. Manchmal lassen wir die Tür auf und die Fitness-Kunden kommen auf ein Schwätzchen rein. Ist zwar schön und auch nett, aber dann schafft man nichts, also Tür wieder zu. Wie so oft komme ich ins Grübeln. War das alles so eine gute Idee mit der Nähstube? Doch es war richtig so, zumindest bis mein Mann eine neue zündende Idee hat und wieder ein Projekt in Angriff nimmt. Er ist schließlich Meister im Ideen entwickeln und umsetzen.

Das Bistro sitzt voll, ich weiß nicht wo mir der Kopf steht. Wie mein Mann auch, hat Moni immer wieder neue Ideen. Jetzt hat sie alle Gehörlosen von der Insel zusammengetrommelt, die sich einmal die Woche zum Quatschen hier treffen. Noch anstrengender gehts für mich wirklich nicht. Zwanzig Gehörlose auf einen Haufen und alle wollen mit mir plaudern, verstehe ich, aber ich bin am Ende. Sie sind alle lieb und nett, helfen sogar beim Tisch abräumen. Aber dieses ständige konzentriert sein und nach den richtigen Gebärden suchen, es schlaucht und schlaucht. Dazu all die anderen Kunden, die auch gern, wie beim Friseur, ihre Sorgen hier abladen. Klar höre ich zu, aber längst habe ich es mir abgewöhnt, das alles noch abzuspeichern. Dafür habe ich nun wirklich kein Platz mehr und keine Nerven. Bin froh, dass ich das so hinkriege, schließlich will meine Probleme auch niemand hören. Ich bin nicht der Typ, der sein Privatleben nach außen trägt, habe ich noch nie gemacht und werde ich auch nie. Es gibt auch keine gute beste Freundin, der ich alles anvertraue, so was mag ich nicht und wird es auch nie geben. Kluge Ratschläge von Unwissenden brauche ich nicht, das hat mir bisher nicht weitergeholfen.

Moni ist traurig, unendlich traurig, hat sich nach vielen Trennungsversuchen endgültig von ihrem Freund getrennt oder umgedreht. Irgendwie ging es wohl nicht mehr, ständig haben sie sich gestritten, worüber auch immer. Ausschlaggebender Punkt war dann die nicht durchgeführte OP, seitdem gab es nur noch

Streit. Sie ist nur noch genervt und frustriert auf Arbeit gekommen, das war einfach kein Dauerzustand.

Alle haben wir darunter gelitten, am meisten natürlich ich. Als Mutter nimmt man sich solche Sachen schneller zu Herzen und leidet mit seinem Kind, jedenfalls bin ich so. Habe sie versucht zu trösten, so gut ich konnte. Aber wenn man sich von der ersten großen Liebe trennt, da geht die Welt eben unter und nichts kann da helfen. Nichts macht ihr mehr Spaß, nichts kann man ihr Recht machen, wie das eben so ist.

Nun hängt sie nach der Arbeit wieder ganz allein in ihrer Wohnung, die Decke fällt ihr auf den Kopf und sie wird immer unzufriedener. Selbst in der Arbeitszeit sitzt sie am Computer und chattet mit irgendwelchen Gehörlosen. Sie fehlen ihr, die vielen Gehörlosen, die genauso ticken wie sie. Geht uns Hörenden doch auch so und nicht anders, ich verstehe sie. Hier auf der Insel, gibt es in ihrer Altersgruppe einfach zu wenig. Sobald sie ein paar Tage frei oder Urlaub hat, ist sie verschwunden. Fährt bis zu 800 km, um sich mit Gleichgesinnten zu treffen oder neue Leute kennenzulernen.

Seit kurzem ist sie zwar im Gehörlosenverein, aber die sind alle viel älter als sie. Können teilweise keine Gebärden, sitzen nur bei Kaffee und Kuchen, halten eben Kaffeeklatsch. Nichts für Moni, sie braucht ihre Action. Der Verein wollte Spendengelder sammeln, was nach hinten losging. War mir schon klar, dass sich Moni genau diese Aufgabe an „Land" zieht. Durch meinen Mann und seine jahrelange Arbeit kennt er und somit auch sie genug Leute und Firmen, die gerne was spenden. Gesagt, getan! Moni war eine Woche lang, nach der Arbeit, unterwegs und hat ganz viel Geld eingesammelt. Die Vereinsmitglieder waren platt, da sie ja schon in den meisten Firmen vorgesprochen hatten, leider ohne Erfolg. Obwohl sie erst kurz dabei ist und dazu noch die Jüngste, präsentiert sie ganz stolz ihren prall gefüllten Geldsack. Wieder folgt ein großer Artikel mit Foto in der Zeitung und mittendrin unsere Moni. Diese Power und Ausdauer möchte ich mal haben, bin so stolz, kann es kaum in Worte fassen. Manchmal, wenn ich so ins Grübeln komme, denke ich, dass wir sie doch erst zu einem Kämpfer erzogen haben. Nie sollte sie sich unterbuttern lassen oder wegen ihrer Behinderung hinten anstehen. Immer mittendrin und am Leben teilhaben – das hat wohl gut geklappt. Stundenlang könnte ich über ihre großen und kleinen Erfolge und ihre vielen guten Taten berichten. Trotz allem hat sie mir heute gebeichtet, dass sie die Gruppe wieder verlassen wird. Sie kann sich, da sie viel jünger ist als all die anderen, die auch lieb und nett sind, nicht an deren Gespräche beteiligen. Sie fühlt sich einfach unwohl und braucht größere Herausforderungen. Habe sie erst nicht so richtig verstanden, dachte immer so eine Gruppe bringt einen weiter, man kann sich austauschen, aber das scheint nicht immer so zu sein. Schade, Moni hätte außer Arbeit und Eltern noch einen anderen Treffpunkt, um sich entfalten zu können, um sich mit ihrem Wissen und ihren Erfahrungen einzubringen. Letztendlich muss sie es für sich entscheiden.

Außerdem hat sie schon ein neues Projekt ins Auge gefasst. Fragt mich, ob sie alle 14 Tage Freitags von der Arbeit frei bekommen kann. Klar haben wir da kein Problem, mein Mann schon gar nicht, schließlich arbeitet sie so schon mehr als genug. Ich frage gleich hinterher, was sie denn vor hat. Erst will sie nicht so recht heraus mit der Sprache, aber dann erzählt sie. Wie immer bis ins Detail. Sie kann an einer Schulung für Gebärdensprachkursleiter teilnehmen. Also das heißt, wenn sie das Ticket in der Tasche hat, kann sie als Kursleiter arbeiten. Nicht als Dolmetscher, das geht ja schlecht, sondern sie kann interessierten Leuten die Gebärdensprache vermitteln. Ist ja super spannend was sie da angeleiert hat, muss sie vor Freude in die Arme nehmen und ganz doll drücken. Mein Kind, wirklich wie ihr Papa, immer neue Ideen. Sie freut sich, dass ihr Vorhaben so gut ankommt und erklärt mir, dass sie immer Freitag und Samstag Unterricht hat und das zwei Jahre lang. Natürlich ist auch mein Mann überwältigt, dass sie sich nicht gehen lässt, sondern immer schaut, was sie aus ihrem Leben machen kann. Langeweile ist für sie das Schlimmste, sie muss immer was tun, was machen, nur nicht stillsitzen. Bei jeder ihrer Aktionen, die sie so startet und auch mit Erfolg zu Ende bringt, denke ich an die Worte des Professors aus der Kinderpsychiatrie. Sie lag damals eine Woche in dieser Klinik und ihr Kopf wurde auf weitere Schäden hin untersucht. Der Professor sagte mir seinerzeit, dass ich mir keine Sorgen machen soll, die kleine Maus ist so selbstbewusst, so pfiffig, sie wird später allein klarkommen und ihren Weg gehen. Wie Recht er doch hatte. Die ganzen Jahre musste ich daran denken, immer und immer wieder. Trotz der vielen nicht so guten Erlebnisse und Hürden, macht sie das Beste aus sich und boxt sich mit allen Mitteln durch diese hörende Welt.

Endlich, Moni blüht mal wieder auf, ist in allem hoch motiviert und hat sich an das allein sein gewöhnt. Sie lernt fleißig für ihre Kursleiter-Ausbildung und hat auch wieder neue Kumpels kennengelernt. Trotz allem hat sie abends immer noch so viel Luft und Power, dass sie für Freunde und Bekannte näht. Inzwischen hat sich bei ihr so viel Krims-Krams angesammelt, dass der Platz in der kleinen 1-Raum-Wohnung nicht mehr reicht. Also hat sie sich eine 2-Raum-Wohnung gesucht und ist voll am wirbeln. Jeden Tag kommen irgendwelche Pakete mit der Post, alles für ihre neue Wohnung. Heute Nachmittag hat sie mich als Hilfsarbeiter angeheuert. Sie will zwei Kleiderschränke im Schlafzimmer aufbauen. Mein Mann wollte helfen, aber das hat sie mürrisch abgelehnt, mit den Worten" das kann ich selbst". Sie braucht nur eine dritte und vierte Hand, um die großen Teile zu halten oder ihr das Werkzeug zu reichen, mehr nicht. Ist mir recht, habe keine Ahnung wie man diese Beschreibungen liest, alles „böhmische Wälder", also tue ich das was ich kann, festhalten und warten. Alles andere macht sie selbst, bloß nicht einmischen und diskutieren, das bringt bei ihr nichts, außer, dass es dann noch länger dauert. Geschmack hat sie wirklich, alles Naturholz - Möbel und auf einander abgestimmt, sehr hübsch und gemütlich. Das Einzige was mich hier stört, sind die fünf Etagen bis in die Wohnung. Die schlauchen richtig wenn man es nicht gewohnt ist, aber Übung macht bekanntlich den Meister und Moni wird sich schnell daran gewöhnen.

Bei so viel Geschmack frage ich mich, wo sie eine rot/grün Schwäche haben soll, ich kann jedenfalls nichts davon sehen. In der Ausbildung gab es nie Probleme mit Farben und in der Nähstube bisher auch nicht. Haben die doch nur herum getrickst, um ihre Klassen in der Ausbildung vollzukriegen. Hatte ich mal wieder den richtigen Riecher. Es klingelt, mein Mann kommt und will beim Aufbau helfen. Aber zu spät, wir sind gerade fertig und Moni zeigt ihm ganz stolz, was sie alles gebaut hat. Na, er staunt nicht schlecht, darf statt beim Bauen zu helfen, den ganzen Verpackungsmüll nach unten schleppen. Ist zwar nicht das was er wollte, aber der gute Papa sagt niemals nein. Drei Mal muss er hoch und runter, schnauft ganz schön und nimmt den Rest später mit. Zwei große Kleiderschränke haben wir aufgebaut, na ja, Moni. Sie hat ihren Plan übererfüllt und jetzt sind wir am Ende, beide total breit. Ich nicht vom bauen, aber vom halten der ziemlich schweren Seitenteile, mehr durfte ich nicht machen.

Natürlich leidet, wie zu erwarten war, die Arbeit darunter, dass sie diese Weiterbildung macht. Nur vier Tage arbeitet sie in der Nähstube, meistens länger, aber schaffen tut sie die Aufträge nicht so richtig. Sie hat nur noch ihre Schulung und die neuen Kumpels im Kopf. Immer öfter muss ich aushelfen, obwohl ich selbst genug Arbeit und den Kopf voll habe. Aber was macht man nicht alles für sein Kind, wir wollen ja, dass sie diesen Abschluss schafft und der ist nächstes Wochenende. Dann wird es hoffentlich ruhiger für mich und ich kann mich voll und ganz meiner eigentlichen Arbeit widmen.

Die ersten Kurse für die Betreuer im Behindertenheim und an der Volkshochschule hat Moni schon in der Tasche, natürlich selbst organisiert. Hätte nie gedacht, dass sich Wildfremde für die Gebärdensprache interessieren. Sogar im Bistro kommen ab und zu junge Leute, fragen wie man das eine oder das andere in Gebärden ausdrückt. Schön mitzuerleben, wie sie als Behinderte akzeptiert wird. Wie Fremde den Drang haben, sich mit ihr zu unterhalten. Wenn sie im Bistro aushilft, hat sie Spaß daran den Leuten zu erklären, wie sie den Kaffee bei ihr zu bestellen haben, also immer in Gebärden. Wer die Gebärde noch nicht kann, denen bringt sie es ganz schnell bei. Die Leute machen mit, nehmen die Sache richtig ernst und bestellen bei Moni in Gebärdensprache, nicht bei mir. Ich finde es irre, freue mich jeden Tag sie so glücklich und motiviert zu sehen. Trotzdem müssen die Aufträge erledigt werden, darum müssen die Mitarbeiter mal wieder mit ran.

Heute sind wir bei Moni zum Kaffee eingeladen. Wir dürfen ihre neue, fertig eingerichtete Wohnung endlich begutachten. Der ganze Hausflur riecht schon nach Kaffee und frisch gebackenem Kuchen, die ganzen fünf Etagen. Zur Feier des Tages hat sie Muffins gebacken. Nicht schlecht, mein Kind kann Kuchen backen. Vom Kochen hält sie nicht viel, obwohl wir Eltern beide gelernte Köche sind, das hat Sie nie interessiert, aber anscheinend mag sie backen.

Schon letzte Woche hatte sie einen Kuchen gebacken und den Kollegen gesponsert, weil sie immer so fleißig in der Nähstube aushelfen.

Ich glaube mich tritt ein Pferd, habe ich mich gerade erschrocken. Mein Mann guckt genauso verdattert wie ich. Was war das denn? Ein schwarzes Etwas huschte unter den Tisch, geistesgegenwärtig ziehe ich meine Füße ein. War das eine Katze? Ja, wirklich eine Katze. Wo kommt die Katze her? Moni steht, noch immer mit der Kaffeekanne in der Hand, in der Tür. Krümmt sich vor Lachen und zeigt, dass ist ihre Susi. Die hat sie sich Gestern geholt. Na das ist eine Überraschung, darum also die Einladung. Ein süßes Kätzchen, viel kleiner und zarter als Kater Alf. Jetzt wartet, wenn sie abends nach Hause kommt, auch einer auf sie. Sie hat jemanden zum Kuscheln, zum Schmusen und sitzt nicht den ganzen Abend allein in der Wohnung. Das ist eine gute Idee, auch wenn wir, bei Moni´s Abwesenheit, fünf Etagen hoch und runter müssen, um das Kätzchen zu versorgen. Sie ist glücklich, hat so eine tolle Wohnung, sich selbst vom Feinsten eingerichtet und ein eigenes Haustier. Am Kaffeetisch erzählt sie, dass sie ihr Zertifikat bekommen hat und schon nächste Woche mit den ersten Kursen anfängt. Gerade fertig mit erzählen, macht ihre Susi ein Satz, springt auf ihren Schoss, schnurrt was das Zeug hält und Moni strahlt über beide Ohren. Eine echte Schmusekatze, lässt Frauchen nicht aus den Augen und rennt ihr, wie ein Hund, immer hinterher.

Moni hat sich wieder im Griff. Die Aufträge nach und nach abgearbeitet und ich kann meiner Arbeit nachgehen, so wie es sein soll. Sie zeigt mir was sie die Woche alles geschafft hat, wann und wie auch immer. Bestimmt zehn Aufträge, fein gebügelt und gefaltet. Zusammen mit der Rechnung liegt alles ausgebreitet auf dem großen Bügeltisch und zum Abholen bereit. Sie druckst herum und verklickert mir, dass sie unbedingt vier Tage Urlaub braucht. Alles klar, darum also hat sie so ran geklotzt. Sie will eine Freundin besuchen und mit einer ganzen Truppe Gehörloser nach München zum Oktoberfest. Eben junge Leute, auch wenn alle gehörlos sind. Sie wollen, wie alle Anderen, Party machen, die Sau raus lassen und was erleben. Klar bekommt sie frei, sie hat es sich redlich verdient und bedankt sich tausend Mal.

Mein Mann, keine Zeit wie immer, also darf ich morgens und abends fünf Etagen hochkraxeln, Susi füttern und das Klo putzen. Ganz so lieb wie ich erst dachte, scheint Susi nicht zu sein. Schon vor der Wohnungstür riecht es eklig, ein streng beißender Geruch zieht mir in die Nase. Na, das fehlt mir noch, riecht so, als hätte sie in den Flur gepinkelt. Oh nein, wenn Moni zurück kommt denkt sie, ich habe das Klo nicht sauber gemacht. Auf allen Vieren taste ich den Teppich ab, aber nichts feucht und nichts zu sehen. Ich renne durch alle Zimmer, schnüffele in allen Ecken wie ein Hund, nirgends riecht es so streng wie im Flur. Susi miaut und miaut, rennt mir wie angestochen hinterher und bettelt nach ihren Streicheleinheiten. Ich suche im Küchenschrank nach Putzmittel, irgendwas, womit der Gestank weggeht. Febreze, ja das müsste klappen. Besprühe den ganzen Teppich im Flur, kann kaum noch atmen. Susi haut gleich ab, versteckt sich unterm Küchentisch und hat das Betteln aufgegeben. Heute, der erste Tag und dann gleich so etwas. Wenn sie die ganzen vier Tage hier hin pinkelt, dann kann Moni den Teppich gleich entsorgen wenn sie zurückkommt, die wird sich freuen.

Diese Katze ist das ganze Gegenteil von unserem Alf. Sie ist nur am schmusen und kuscheln, ohne Ende. Ist anhänglich bis zum geht nicht mehr und ich glaube, sie hat ein Problem mit dem Alleinsein. Moni hatte mir schon erzählt, dass ihre Susi anhänglich wie ein Kind ist. Sobald Sie am Computer sitzt, springt sie hoch, klettert über den Schreibtisch oder legt sich quer über die Tastatur. An Computerarbeit ist dann nicht mehr zu denken. Sie will beachtet werden, kuscheln, streicheln und zu hören. Egal wo Moni hingeht, was sie macht, Susi ist immer in ihrer Nähe. Wahrscheinlich pinkelt sie aus Protest in den Flur, wenn Moni mehrere Tage weg ist. Das bisschen Zuneigung von mir, wenn Moni mal auf Abwegen ist, bringt auch nicht viel. Vor zwei Wochen hatten wir sie mal zu uns geholt, probehalber, aber das ging gleich gar nicht. Alf hat mit aller Macht sein Revier verteidigt und Susi konnten wir nicht mal aus dem Käfig lassen. Die war nur am fauchen und heulen. Ich glaube, dass keiner von beiden dieses Treffen überlebt hätte. Also muss sie es über sich ergehen lassen und ein paar Tage allein ausharren.

Kater Alf macht keine Probleme, wenn wir übers Wochenende mal wegfahren. Der ist nur am Schlafen, findet immer wieder einen Weg in irgendeinen Schrank zu kriechen und meine Wäsche einzusauen. Trotzdem ist er brav, stellt nichts Schlimmes an und freut sich wie ein Hund, wenn wir zurückkommen.

Oh man, heute kommt Moni zurück, ihr Flur stinkt immer noch ekelhaft. Habe die ganze Flasche Febreze verbraucht, aber der Katzenurin ist so streng, da hilft wohl nur Teppich entsorgen. Das Telefon bimmelt, bestimmt mein Mann, der sich wie immer meldet, wenn es später wird. Was? Bahnpolizei, hä, habe ich das richtig verstanden? Wieso Bahnpolizei, ich verstehe nicht. Ein netter Herr am anderen Ende erklärt mir, dass er im Auftrag von Moni anruft und schon fange ich an zu zittern, meine Knie werden plötzlich schlabberig wie Pudding. Nicht schon wieder, ich will das nicht mehr, ich kann das nicht mehr. Er erklärt mir, dass sie in den falschen Zug gestiegen ist und hängt in Berlin fest. Die nächste Bahn fährt erst in zwei Stunden und ich soll doch ihre Katze noch mal füttern. Na toll, bedanke mich und bin erleichtert, dass nicht noch Schlimmeres passiert ist. Im Stillen muss ich schmunzeln, habe ihr immer gepredigt, sie soll aufpassen und nicht in den falschen Zug einsteigen. Jetzt hat es mal geklappt. So wie ich sie kenne, hat sie tausend Ausreden und andere sind Schuld. Was mache ich jetzt, natürlich wieder fünf Etagen hoch und in der von Katzenurin verseuchten Bude die kleine Susi versorgen.

Jetzt kommen die tausend Ausreden, wusste ich es. Die Gehörlosen, mit denen Moni zum Oktoberfest war, haben sich auf dem Bahnsteig verabschiedet. Vor lauter Quatschen und

Gedankenlosigkeit ist Moni mit einer Freundin zusammen in den Zug gestiegen. Hat es zu spät gerafft und ist dann in aller Seelenruhe bis Berlin mitgefahren. Auf dem Bahnsteig hat sie sich den erst besten Polizisten geschnappt. Hat ihm mit Zettel und Stift erklärt was los ist und ihn gebeten, bei uns anzurufen. Wenigstens hat sie mal mitgedacht und uns nicht warten lassen. Eine ähnlich kuriose Aktion hatte sie vor drei Monaten gerade drauf. Auch gedankenlos ist sie in einen Zug gestiegen, hat aber schnell gemerkt, dass er in die falsche Richtung fährt. Erklärt hat sie es dann so: nicht Sie ist falsch eingestiegen, sondern der Zug ist in die falsche Richtung gefahren. So kann man es natürlich auch den Eltern verdeutlichen. Auf dem nächsten Bahnhof ist sie, ohne nachzudenken, schnell rausgesprungen und stand mutterseelenallein auf weiter Flur, in irgendeinem Kaff. Es war schon dunkel und sie ist die Dorfstraße entlang, in der Hoffnung einen Menschen zu treffen. War aber nicht so, alle Bürgersteige hochgeklappt, niemand zu sehen. Sie wollte dann irgendwo klingeln und hat sich erst mal die Häuser angesehen. Manche sahen heruntergekommen aus und manche normal gepflegt. Da hat sie überlegt, wo es mehr Sinn macht zu klingeln. Hat sich nach langem Überlegen für ein gepflegtes Haus entschieden und dort geklingelt. Plötzlich stand ein 2-Meter-Hüne vor ihr, dicke rote Nase, wie ein „Alki", dicken Bierbauch und zerzauste Haare. Ganz wohl war ihr bei dem Anblick nicht und sie wollte vor lauter Schreck erst abhauen. Hatte ihm dann aber doch erklärt, dass sie gehörlos ist und einen Zettel und Stift braucht. Der Typ hat nichts kapiert und hat nach seiner Frau gerufen. Die sah sehr gepflegt und nett aus. Moni hat ihr alles aufgeschrieben und gebeten, sie doch zum nächst größeren Bahnhof, ca. 20 km entfernt, zu bringen. Das hat sie dann auch gemacht und Moni konnte mit dem nächsten Zug, in die richtige Richtung fahren. Zum Glück hatte sie mir das alles erst viel später erzählt, predigen war, wie so oft, zwecklos. Hatte ihr erklärt, wenn die Frau so nett war, dann soll sie doch bitte noch mal hinfahren, ihr Blumen und Benzingeld bringen, das gehört sich. Auf die Idee wäre sie von alleine nicht gekommen, hatte es aber eine Woche später nachgeholt und die gute Frau hat sich riesig gefreut. Ein bisschen Angst hatte Moni bei dieser Aktion schon, kam sogar ins Schwitzen. Zum hunderttausendsten Mal, Ende gut, alles gut.

Neuerdings kaut sie mir ein Ohr ab, will in der Nähstube kündigen und in die Großstadt umziehen. Bisher habe ich das alles nicht so Ernst genommen. Aber immer öfter erwische ich sie beim chatten während der Arbeitszeit. Ist ja alles nicht so schlimm, aber die Aufträge türmen sich mal wieder und die Kunden warten. Heute hat sie mir erzählt, dass sie einen Freund hat und wirklich mit der Kündigung und dem Umzug ernst machen will. Mein Mann ist so gar nicht begeistert, ist schließlich seine Tochter. Seine kleine Maus, die er immer beschützen möchte, was dann wohl nicht mehr geht. Sein größtes Problem ist aber, er ist auch noch ihr Arbeitgeber. Er meint, dass er doch nicht seine eigene Tochter kündigen wird, das kann niemand von ihm verlangen. Ich rede mir den Mund fusselig, es geht um ihre Zukunft, sie muss wissen wo sie sich wohl fühlt. Als Gehörloser fühlt sie sich nun mal unter Gehörlosen wohler und das geht nur in einer größeren Stadt, da, wo viele Ihresgleichen wohnen. Klar bin ich auch traurig, wieder mein Kind zu verlieren, aber es ist für sie besser, als hier bei uns zu leben. Immer nur bei Mama und Papa, auch wenn es ihr gut geht, auf Dauer ist das kein erfülltes Leben. Es gibt hier auf der Insel einfach zu wenig Gehörlose in ihrem Alter. Wir merken, dass sie immer trauriger und unzufriedener wird und das ist nicht in unserem Interesse. Jeden Tag gibt es aufs Neue irgendwelchen Zoff, oft um nichts. So wie es zur Zeit läuft, geht es einfach nicht weiter. Also habe ich alle meine Überredungskünste angewandt und endlich auch meinen Mann davon überzeugen können, dass wir unser Kind auf ein Neues ziehen lassen müssen, ob es uns passt oder nicht. Hätte nie gedacht, dass ich so einfach loslassen kann, aber ich bin erst glücklich und zufrieden, wenn es mein Kind auch ist. Außerdem ist sie nicht aus der Welt und in drei Stunden könnten wir bei ihr sein.

Habe Moni heute die gute Nachricht verkündet, dass ihr Papa endlich zustimmt und sie alles weitere organisieren kann. Schließlich muss sie sich in ihrem neuen Zuhause erst einmal arbeitslos melden und hier alles abmelden. Sie muss den Umzug planen und ein paar Kumpels zusammentrommeln, die beim Möbel schleppen helfen.

Moni ist überglücklich, wühlt seit Tagen, packt akribisch, alles was sie nicht mehr braucht, schon in Kartons. Ihr neuer Freund hat eine 2-Raum-Wohnung, natürlich voll eingerichtet, so dass die meisten Möbel bei uns im Keller landen. Wieder einmal wird unser Keller „zu gemöhlt" mit kompletten Wohn- und Schlafzimmermöbel. Ihre schönen Echtholzmöbel, Moni ihr ganzer Stolz, hat sie sich doch vor einem Jahr gerade erst neu gekauft. Die anderen 15 Kartons sind voll mit Zwiebelmuster-Geschirr, Besteck und alles was in so ein Umzugskarton passt. Unser Keller steht voll bis unter die Decke, für den eigentlichen Umzug bleibt nicht mehr viel übrig.

Nun wohnt Moni wieder weit weg, drei Stunden Autofahrt entfernt und wir können nur mittels Fax oder SMS kommunizieren. Aber das Spiel kennen wir ja schon. Wie üblich, hat sie uns versprochen immer gleich zu antworten, wenn was ist. Da glaube ich noch nicht ganz dran, aber wir werden sehen. Auch wenn ich dafür war, sie gehen zu lassen, bin ich ziemlich traurig und geknickt. Aber wenn die „Stille" ruft, muss sie gehen. Es ist ihr Leben und dafür ist sie nun mal selbst verantwortlich. Habe ihr noch erklärt, egal was passiert, sie darf jederzeit zurückkommen. Ich glaube, dass ihr das etwas mehr Sicherheit gibt in ihrem Tun und Handeln. Ganz wohl ist mir trotz alldem nicht. Mein Kind, in so einer großen Stadt. Da gibt es massenhaft Obdachlose und Bettler an jeder Ecke. Schießerei ist an der Tagesordnung und am Hauptbahnhof stehen, bei bestimmten Anlässen, die Polizisten voll ausgestattet mit Schlagknüppel und Waffen. Wasserwerfer, die nur auf ihren Einsatz warten. Wie kriegt sie das hin? Sie hört doch nicht, wenn hinter ihr einer losballert. Wie macht sie es, wenn sie Nachts durch die dunklen

Strassen zieht? Sie ist ja eine Nachteule. Merkt sie, wenn sie verfolgt wird? All so was lässt mich seit Tagen nicht schlafen, bin wie so oft „kopflos" und weiß nicht, ob unsere Entscheidung richtig war, sie ziehen zu lassen.

Habe mich so gut es ging mit der neuen Situation abgefunden. Hat zwar lange gedauert diese blödsinnigen Gedanken zu ignorieren, aber es ist alles gut, so wie es ist. Es war richtig, dass sie gegangen ist und sich ihr eigenes Leben aufbaut. Bisher hat sie bewiesen, dass sie alles schafft und alles erreicht, wenn sie kämpft. Nicht umsonst haben wir sie zu einem echten Kämpfer erzogen, jedenfalls das bisschen was wir erziehen konnten, wenn sie mal zu Hause war. Sie lässt sich nicht unterkriegen, sich nicht abwimmeln, nur weil sie gehörlos ist.

Irgendwie hat das mit dem Freund nicht so geklappt wie Moni es sich vorgestellt hatte. Sie haben sich getrennt und sie hat sich eine eigene kleine Wohnung gesucht. Hat schon ein paar Möbel aus unserem Keller abgeholt und sich wieder ein wunderschönes Heim geschaffen. Ist zwar nur eine 1-Raum-Wohnung, aber mit einer super Raumaufteilung und einer schönen großen Wohnküche. Was ziemlich doof ist, unter ihr ist ein Restaurant. Der ganze Hausflur stinkt nach Pommes und Bier. Dazu die Lautstärke, je später der Abend um so lauter krakeelen die Besoffenen. Diese Typen hängen nicht nur im Restaurant unter ihr, die sitzen mit der ganzen Familie davor, eben auf der Straße und machen Party bis spät in die Nacht. Deshalb ist die Wohnung

wahrscheinlich auch so günstig, aber egal, Moni hört es ja nicht.
Eine Querstraße weiter, ein riesengroßes Einkaufszentrum, da
kriegt sie alles was sie braucht und muss nicht mal mit dem Auto
fahren. Alles super, jetzt fehlt nur noch der richtige Job.
Verschiedene Praktika in größeren Firmen hat sie die letzten
Monate schon gemacht. Sogar in einem kleinen Familienbetrieb,
wo Taucheranzüge genäht werden, ist sie gelandet und gehörte
schon mit zum Inventar. Als Dankeschön für ihre tolle Arbeit, ihre
Aufgeschlossenheit und Freundlichkeit, hat sie am letzten Tag den
selbstgenähten Taucheranzug geschenkt bekommen. Solche
Dinger sind doch wahnsinnig teuer und sie bekommt einfach so
einen geschenkt. Bei allen Praktika hat sie immer hervorragende
Leistungen gebracht und somit viele gute Referenzen bekommen.
Leider hat es mit einer Festeinstellung trotzdem nicht geklappt.
Sie hat Raumausstatter gelernt, müsste umschulen, aber da spielt
das Amt nicht mit. Sie haben schon ihre Ausbildung im
Berufsbildungswerk finanziert und mehr geht nicht. Könnte mich
schon wieder aufregen. Was soll das denn? Sie will doch nur
arbeiten und in ihrem Beruf findet sie nichts. Die Leute kaufen
ihre Gardinen und Rollos viel günstiger übers Internet, so etwas
lässt kaum noch einer nähen. Zumal die Stoffpreise ins
Unendliche hochgeschossen sind. Für einen Meter Möbelstoff
bezahlt man schon ab 40 Euro aufwärts. Das kann sich kein
Mensch mehr leisten. Kein Wunder, dass ein Raumausstatter nach
dem anderen sein Geschäft dicht macht. Das müssen die beim
Amt doch auch kapieren. Andere Leute schulen zwei oder drei
Mal im Leben um, warum denn kein behinderter Mensch, der es

sicher nötiger hätte. Wie jetzt weiter? Länger zu Hause sitzen kann sie nicht, sie wird verrückt. Das ist nicht ihre Vorstellung von Erwachsensein und meine auch nicht. Trotzdem ist sie frohen Mutes, denkt nicht an aufgeben oder zurückkommen. Sie hat sich in verschiedene Vereine angemeldet und trifft sich regelmäßig mit Gleichgesinnten. Sie unternehmen viel, machen Ausflüge, feiern alles was es zu feiern gibt oder machen Kaffeeklatsch.

Endlich Weihnachten, Moni kommt zu Besuch und bringt mal wieder einen neuen Freund mit. Ein sehr netter gehörloser Mann, etwas älter als sie, aber das ist egal. Bin froh, dass sie sich nicht weiter allein in so einer großen Stadt durchschlagen muss. Völlig durch den Wind, kommt sie angestürmt und verkündet, noch vor der Begrüßung, dass sie ab Januar endlich einen Job hat. Sie kann in einer sehr großen Klamotten-Firma als Kommissionierer arbeiten. Sie hat ein Vertrag für Spätschichten, also bis 22.00 Uhr, unterschrieben. Dann mit der S-Bahn nach Hause und noch 15 Minuten Fußweg. Sie hat so ein selbstbewusstes Auftreten, hat keine Angst, nachts allein durch die Straßen zu schlendern. Das wäre bei mir schon wieder ganz anders. Sobald es dunkel ist, sieht mich keiner mehr auf der Straße, jedenfalls nicht alleine. Endlich hat sie wieder eine Aufgabe, eine Sinnvolle und kann sich verwirklichen. Ist doch klar, sie zieht um, in einen anderen Stadtteil, zu ihrem Neuen. Also mein Mann wieder los, Möbel einpacken, hoch schleppen, allerdings nur drei Etagen. Unseren Keller durchwühlen, da will sie das eine und andere von ihren eingelagerten Sachen auch noch haben. Eigentlich dachte ich, dass wir für unsere Sachen mal Platz im Keller bekommen, aber falsch gedacht. Es gehen etliche Kartons raus, dafür müssen wir Neue von ihr einlagern. Das Allerbeste, wir sind selbst in der Zwischenzeit zweimal umgezogen und haben ihren Müll, in Anführungsstrichen natürlich, immer mit geschleppt. Bei uns wird es, auch wenn Moni nun weit weg wohnt, nie langweilig. Sie hält uns auf Trab und wir spielen gerne das Spiel mit, Hauptsache es geht ihr gut.

Alles scheint nach Plan bei ihr zu laufen. In der neuen Firma sind ganz viele Gehörlose beschäftigt, Moni muss sich nicht allein unter den Hörenden durchschlagen. Wenn es Probleme gibt, die mit den Chefs oder dem Betriebsrat verhandelt werden müssen, dann bestellt die Firma extra einen Dolmetscher. Wow, welcher Betrieb macht schon so etwas. Hat sie hoffentlich doch ein guten Griff gemacht.

Heute kam eine SMS von ihr, für uns und die Gehörlosen die beste Erfindung überhaupt. Wir können kommunizieren, ohne lange auf die Antwort zu warten. Obwohl, manchmal warte ich drei Tage, bis mal eine Antwort kommt. Aber Mamas sind ja einfallsreich, also formuliere ich die Sätze so, dass sie gleich antworten muss. Bisher hat das System gut funktioniert. Einfach mal fragen, wie geht es dir, geht nicht. Da kommt längst keine Rückmeldung, also frage ich, ob sie am Wochenende kommt. Prommt kommt eine SMS mit dem Wortlaut: "nein", zurück und schon gehen die Nachrichten hin und her. Ok, ich weiß Bescheid, meinem Kind geht es gut. Mehr will ich doch nicht wissen. Leider hat sie in ihrer heutigen SMS nicht viel geschrieben, nur, dass sie uns per Computer eine E-Mail geschickt hat und wir sollen die unbedingt öffnen, am Besten sofort. Das klingt nicht gut. Was hat sie jetzt wieder angestellt? Irgendwas muss ja sein, sonst hätte sie es doch in der SMS geschrieben. Bin gleich durch den Wind, Moni und ihre Überraschungen. Also den PC anschalten und warten bis das Ding komplett hochgefahren ist. Wie immer dauert diese Prozedur ewig. Ich bin nervös und kribbelig und will wissen was los ist. Na toll, da steht nur „siehe Anhang". Nach langem Hin und Her, linke Maustaste, rechte Maustaste - habe doch keine Ahnung vom Computer - raffe ich sogar, wie man einen Anhang öffnet. Man lernt eben nie aus. Ein schwarz-weiß Foto, ziemlich verschwommen, was soll das denn bitte? Gucke immer und immer wieder darauf, bis ich es kapiere. Ein Ultraschallbild. Wir werden Oma und Opa, ich glaube es nicht. Das ist eine Überraschung, Moni bekommt ein Baby, unsere Maus wird Mama. Wie süß, auf dem Bild oben im weißen Rand, hat sie noch eine Nachricht geschrieben. „Hallo Eltern, ihr beide soll bitte nicht aufregen. Ich habe schon da kleinen Bauch das Baby". Das typische Deutsch eines Gehörlosen. Wir verstehen solche Sätze und wissen wie es gemeint ist. Bei solch einer Nachricht werden wir uns ja wohl nicht aufregen. Obwohl, ich bin schon ziemlich aufgeregt, aber positiv, schließlich werde ich Oma. Hätte sie uns doch beim letzten Besuch schon sagen können, aber nein, sie liebt es uns immer auf ganz besondere Weise zu überraschen.

Schon oft hatten wie das Thema Baby und Enkel. Ihre Erklärung war stets, erst einen festen Job und den passenden Mann. Beides hat sie schon eine ganze Weile und so wie es aussieht passt alles zusammen.

Mein Mann braucht eine Ewigkeit, bis er rafft, was diese E-Mail bedeutet. Nach gefühlten zehn Minuten fragt er mich „kriegt Moni etwa ein Baby"? „Ja, Schatzi, du wirst Opa". Zwar noch etwas verhalten und nachdenklich, aber er versteht es, dass seine Maus ein Baby bekommt und er Opa wird. Wir sind beide am Strahlen und freuen uns riesig auf ein Enkelkind. Da haben wir jemanden, den wir verwöhnen können, jedenfalls wenn es mal bei uns ist. Ob Junge oder Mädchen, selbst das soll eine Überraschung bleiben. Hätte es schon gern vorher gewusst, wegen dem Shoppen, aber egal das läuft nicht weg. Wenn das Baby erst einmal da ist, bin ich nicht mehr zu bremsen, dann sind die Kinderläden meine.

Moni ihr Bauch wächst und wächst. Habe sie die letzten zwei Monate nicht gesehen und bin ziemlich erschrocken. So dick wie ihr Bauch schon ist war meiner am Entbindungstag. Oh man und sie muss noch ein paar Wochen aushalten. Ich zeige ihr, dass sie bald das Frühstückstablett auf dem Bauch abstellen kann und kein Tisch mehr braucht, ist doch praktisch. Sie findet den Witz nicht lustig und zeigt mir einen „Vogel".

Schade, dass sie nicht mehr auf der Insel wohnt. Könnte ihr in den ersten Tagen und Wochen mit dem Baby zur Seite stehen, so wie es bei mir war. Ich war froh die erste Zeit bei meinen Eltern zu wohnen, habe mich sicherer gefühlt und von meiner Mutti viele Tipps bekommen. Hatte ihr angeboten die erste Zeit mit Baby bei uns zu wohnen, sie will aber hierbleiben, bei ihrem Freund, was auch vernünftig und verständlich ist. Er hilft ihr so gut er kann, begleitet sie zu den Arztbesuchen und irgendwelchen unsinnigen Kursen, die nur Geld kosten. Aber schön zu sehen, dass sie alles, trotz Gehörlosigkeit, so gut hinkriegen und sich beide hervorragend ergänzen.

Bei den monatlichen Untersuchungen ist bis heute alles in Ordnung, sie bekommt keine roten Striche in den Mutterpass, so wie ich damals. Ein wenig Diabetes hat sie, wäre aber bei vielen Schwangeren normal und gibt sich wieder. Sogar gegen Toxoplasmose konnte sie sich impfen lassen. Schön, dass es heute diese Möglichkeit gibt. Das war zu meiner Zeit nicht möglich. Toxoplasmose, das Wort kannte nicht mal einer. Alle waren geplättet als es dann hieß, ich hätte mich damit wahrscheinlich angesteckt und Moni sei deshalb gehörlos geboren. Heute denke ich über diese Sachen nicht mehr nach, freue mich nur, dass man sich dagegen impfen lassen kann.

Moni ist es auch egal, ob das Kind hören oder nicht hören kann. Sie lebt in beiden Welten und das wird später auch ihr Kind müssen. Mit der Gehörlosigkeit kennen wir uns aus, das wäre auch für uns das kleinste Problem und nicht weiter tragisch.

Ich kann kaum laufen, habe höllische Rückenschmerzen und muss unbedingt zum Arzt. Trotzdem habe ich die weite Fahrt in Kauf genommen, will doch mein Kind noch einmal sehen, bevor sie entbindet und dann selbst Mama ist.

Moni liegt da, beide Beine hoch auf dem Sessel. Sie erklärt mir, dass sie viel Wasser hat und sich schonen muss. Ok, also müssen die Männer heute mal ran. Bügeln, Einkaufen, Essen kochen und alles was anfällt. Auch mal schön zu sehen, wie die männliche Generation den Haushalt schmeißt. Ein ziemliches Durcheinander, aber die beiden kriegen das locker hin. Sie backen sogar noch einen leckeren Kuchen und wir Frauen quatschen und quatschen. Moni ist so aufgeregt, ich soll mit ihr durch das Haus rennen, überall klingeln und um Hilfe bitten, wenn es los geht. Ihr Freund arbeitet in Nachtschichten und dann ist sie vielleicht gerade ganz allein, wenn es mit den Wehen losgeht. Manchmal geht es schneller als man denkt und dann kann sie nicht warten, bis ihr Freund von der Arbeit kommt. Als Gehörlose kann sie auch nicht schnell mal den Krankenwagen rufen. Ich mache mir schon lange Gedanken, wie sie das alles machen will. Selbst bei der Entbindung, da sagt doch die Hebamme was zu tun ist. Einatmen, Ausatmen, Pressen und das ganze Zeug. Kann mir nicht vorstellen, dass einer von denen Gebärden kann. Wäre eigentlich ein toller Service, wenn es in größeren Krankenhäusern Mitarbeiter gibt, die sich mit Gehörlosen verständigen könnten. Typisch, Moni beruhigt mich, soll mir nicht so einen Kopf machen, sie hat alles organisiert. Ich frage sie, was sie denn noch alles organisiert hat. Sie grinst mich an und meint, dass sie schon drei Dolmetscher bestellt hat. Bitte, wie viel Dolmetscher, was soll das denn? Drei fremde Leute im Kreißsaal, ihr Freund und bestimmt ich auch noch? Dann die Hebamme, vielleicht noch ein Arzt und Moni, die vor Schmerzen herumschreit. Sie lacht sich kringelig und erklärt mir, dass ein Dolmetscher für sie da ist, ein Zweiter für ihren Freund und der Dritte soll in den Startlöchern stehen, falls einer der anderen Beiden gerade keine Zeit hat. Schließlich kann sie den genauen Zeitpunkt nicht sagen und auch schlecht planen. Na ja, da hat sie mal wieder Recht, ich verstehe es. Wie immer und alles, super geplant. Was mache ich mir eigentlich Gedanken? Sie ist doch erwachsen, alt genug und hat alles im Griff.

Wir raffen uns beide auf, humpeln wie zwei 80jährige die Treppe runter und klingeln an der ersten Tür. Eine nette, ältere Dame macht auf und lächelt freundlich. Ich leiere meinen Text herunter, den Moni mir im Vorfeld schon eingetrichtert hat und bitte sie höflichst, im Notfall den Krankenwagen zu rufen. Erzähle ihr noch, dass wir auch bei den anderen im Haus Bescheid sagen wollen. Sie winkt gleich ab. Erklärt mir, dass sich im Aufgang alle sorgen, wie Moni das wohl machen will. Na super, nicht nur ich mache mir Gedanken, ist ja interessant. Also haben sich die Mitbewohner, ohne Moni ihr Wissen, schon untereinander geeinigt und werden die letzten Tage abwechselnd in Bereitschaft sein. Wir bräuchten also nicht weiter klingeln, sie klärt alles mit den Nachbarn ab. Ist das nicht nett? Dass es so was noch gibt, in der heutigen Zeit wirklich selten. Ich bedanke mich tausendfach für so viel Unterstützung und erkläre es gleich Moni. Ihre Augen leuchten und sie bedankt sich ebenfalls, allerdings mit der entsprechenden Gebärde, die die Frau auch zu verstehen scheint.

Endlich, die lang ersehnte Nachricht von Moni. Sie hat entbunden, ein kleinen süßen Jungen und schon ganz gut bei der Sache. Was zu erwarten war, ihre Wehen gingen natürlich abends los. Ihr Freund musste zur Nachtschicht und hatte ihr noch beim Abendbrot erklärt, sie solle warten bis er wieder zu Hause ist. Na, dass das nicht funktioniert war klar. Nach drei Stunden hat sie ihm dann eine SOS-Nachricht geschickt und er musste sofort kommen. Die liebe nette Nachbarin hatte inzwischen den Krankenwagen gerufen und dann ging alles ganz schnell.

Egal wie es gelaufen ist, alle sind putzmunter und ich bin Oma. Klingt schon komisch, fühle mich noch gar nicht wie eine Oma, fühle mich noch nicht so alt. Früher liefen die Omas, mit ihren hübschen, hochgesteckten Dutt und Kittelschürze über den Hof. Heute sieht man mit 50 nicht aus wie eine typische Oma und ich schon gar nicht. Richtig aufwachen werde ich bestimmt erst, wenn der Kleine nach seiner Oma ruft, dann bin ich wohl gemeint und muss dazu stehen. Auch wenn ich es noch nicht ganz wahr haben will, mich noch nicht so fühle, werde ich auch in diese Rolle reinwachsen. Schade nur, dass ich nicht dabei sein konnte, hätte mein Kind so gern unterstützt und gut zugeredet. Ihr die Hand gestreichelt und vielleicht den Schweiß von der Stirn gewischt, wie das eben so läuft. Ich hänge bei der Reha ab, muss meine Bandscheiben-OP kurieren und kann nur auf die SMS-Nachrichten von ihr warten. Kann sie nicht anrufen und gratulieren oder vor Glück in die Arme nehmen. Aber egal, ist jetzt nicht zu ändern, aber ich werde alles nachholen, was eine Mama und eine Oma so zu tun gedenken.

Es fühlt sich alles noch so fremd und neu an, aber der kleine Mann ist so süß, so putzig, ich kann nicht mehr wegsehen. Die Ärzte meinten, dass er hören kann, das wird man aber, da beide Elternteile gehörlos sind, in einem halben Jahr genau untersuchen. Mein Mann, wie schon damals als Moni zur Welt kam, hat keinen Draht zu solchen Winzlingen. Er sitzt mit verschränkten Armen da und beobachtet das ganze Geschehen. Bevor ich den großen Clou planen kann, war Moni schneller. Sie legt ihm den Kleinen auf die noch immer verschränkten Arme, schießt sogleich das erste Foto und lacht sich kaputt. Er rührt sich kein Stückchen, traut sich nicht zu bewegen, guckt uns sorgenvoll an und wartet darauf, dass ihm jemand das Baby wieder abnimmt. Ich glaube er hat innerlich Blut und Wasser geschwitzt, ist froh, dass Moni ihn, nach unendlich langen fünf Minuten, von seinem „Leiden" erlöst. Eine Stunde später, es ist kaum zu glauben, holt er den Kleinen selbst aus dem Bettchen und spaziert mit ihm ganz stolz durch die Wohnung.

Moni ist glückliche Mama, unsere kleine Maus. Jetzt hat sie ihre eigene Familie, ist überglücklich und wir, wie immer, ganz stolze Eltern und nun auch Großeltern. Bis hier ist sie ihren Weg gegangen, hat sich von nichts und niemandem aufhalten lassen, nicht mal von meinen Predigten. Ich bin optimistisch, sie wird ihn weiter, ohne unsere oder fremde Hilfe gehen, diesen stillen Weg, als gehörlose Frau.

Nie hätte ich gedacht, dass alles mal so ein gutes Ende nimmt. Ich, immer nur voller Sorgen, immer wieder kopflos und oftmals am Ende. Jetzt kann ich mich endlich zurücklehnen und mein Oma-Dasein genießen. Das ständige auf und ab in meinem bisherigen Leben hat wohl ein Ende gefunden. Ich kann bald meinem Enkel Märchen vorlesen und Geschichten erzählen, so wie ich es mit meinem Kind gern gemacht hätte. Ich freue mich auf diese Zeit. Mein Mann und ich, wir werden sie in vollen Zügen genießen und alles nachholen, was uns mit Moni nicht möglich war. Schon jetzt hat mein Mann ein ganz besonderes Verhältnis zu dem Kleinen. Er kommt nicht schnell genug zu ihm, will ihm die Welt zeigen, am liebsten alles auf einmal. Wenn der Kleine seinen Opa sieht, ist er hin und weg. Er strahlt, obwohl er noch keinen Ton von sich geben kann, außer er hat Hunger, dann ist Alarmstufe rot. Oder wenn Opa Faxen macht, egal was, dann lacht er sich kaputt und hört nicht mehr auf.

Nachtrag

Meiner Tochter möchte ich an dieser Stelle für Alles danken, auch wenn nicht immer alles einfach war, für beide Seiten. Danken dafür, dass es Sie gibt. Das es Sie so gibt, wie sie ist. Auch meinem lieben Mann möchte ich auf diesem Wege Danke sagen. Er stand in all den vielen schmerzvollen Jahren immer zu mir. Hat mich immer auf eine ganz besondere Art getröstet und wieder auf den Boden der Tatsachen zurückgebracht. Ohne ihn hätte ich all das nicht durchgestanden und mein Leben wäre sicher ganz anders verlaufen. Danke das ihr beide meine Familie seid.